Die drei !!!

Die drei !!!

Gefährlicher Chat

Henriette Wich

KOSMOS

Umschlagillustration von Ina Biber, Gilching
Umschlaggestaltung von Sabine Reddig

Unser gesamtes lieferbares Programm und viele weitere Informationen zu unseren Büchern, Spielen, Experimentierkästen, Aktivitäten, Autorinnen und Autoren findest du unter **kosmos.de**

Weitere Bände dieser Reihe siehe Seite 160

MIX
Papier | Fördert gute Waldnutzung
FSC® C014138
www.fsc.org

Gedruckt auf chlorfrei gebleichtem Papier

Leicht veränderte Neuausgabe

ISBN 978-3-440-17717-4
Redaktion: Nadja Fendrich, Jana Vorderwülbecke
Produktion: DOPPELPUNKT, Stuttgart
Druck und Bindung: Finidr, s.r.o., Český Těšín
Printed in Europe / Imprimé en Europe

Die drei !!!

Gefährlicher Chat

Clubtreffen im Hauptquartier

»Detektivausrüstung«, murmelte Franzi, während sie das Wort in die Suchmaschine eingab. »Volltreffer! Hier sind ja schon die Onlineshops.«

Manchmal konnte Franzi es immer noch nicht glauben, dass sie endlich einen eigenen Laptop besaß. Stefan hatte eine seiner großzügigen Anwandlungen als netter großer Bruder gehabt und ihr seinen alten Laptop samt Drucker geschenkt, nachdem er sich einen neuen angeschafft hatte. Jetzt konnte sie nach Lust und Laune Serien streamen und musste dafür nicht extra Stefan oder ihre ältere Schwester Chrissie fragen. Aber das Beste war, dass sie nun nicht mehr das einzige Mitglied des Detektivclubs war, das keinen Laptop oder Computer hatte.

Franzi sah auf ihre Armbanduhr. Noch zwei Stunden, bis Kim und Marie kamen. Da hatte sie ja viel Zeit, um zu recherchieren. Heute wollten sich die drei !!! wieder mal in ihrem geheimen Detektiv-Hauptquartier treffen. Es war eine Riesenschufterei gewesen, den alten Pferdeschuppen hinter dem Haus zu entrümpeln, aber es hatte sich voll gelohnt. Jetzt hatten sie alles, was sie brauchten: Tisch, Stühle, Regal, einen Bollerofen, einen Bürocontainer mit abschließbarem Geheimfach und eine alte Pferdekutsche, in die sich zurückziehen konnten, wenn sie ganz sichergehen wollten, dass keiner zuhörte. Eigentlich war der Club *Die drei !!!* nämlich immer noch geheim, denn keine der drei Detektivinnen wollte, dass sich ihre Eltern unnötige Sorgen machten. Doch inzwischen hatten sie bereits mehrere Fälle erfolgreich gelöst und waren nach der Aufdeckung einer Bestechung bei einem Bandcasting sogar in die Zeitung gekommen. Von der Belohnung hatten sie sich ein Aufnahmegerät mit Richtmikrofon gekauft. Da von dem Geld noch etwas übrig war, wollten sie ihre Detektivausrüstung nun weiter vervollständigen.

Franzi klickte einen der Onlineshops an. Es war ein Shop für Profidetektive. Sofort erschien eine Latte von Produkten, alles vom Feinsten. Von der Peilanlage über Nachtsichtgeräte, Funk- und Überwachungskameras und Wanzen bis hin zum Minisender konnte man einfach alles haben. Leider waren die Preise auch vom Feinsten. Franzi seufzte.

In dem Moment ging die Tür auf und Chrissie stürmte herein. »Sag mal, kannst du mir deinen Gürtel …« Mitten im Satz blieb sie stecken und kam neugierig näher. »Spielst du immer noch Detektivin? Bist du dafür nicht ein bisschen zu alt?«

Franzi streckte ihrer großen Schwester die Zunge heraus. Bloß weil Chrissie schon sechzehn war und einen Freund hatte, glaubte sie, sie könnte sich alles erlauben. »Was willst du?«, fragte Franzi genervt.

Chrissie setzte ein zuckersüßes Lächeln auf. »Deinen Gürtel mit den silbernen Hufeisen. Leihst du ihn mir?«
»Wie bitte?«, fragte Franzi. »Du hasst doch Pferde und mein Pony kannst du nicht ausstehen.«
Chrissie schüttelte unschuldig ihre rote Lockenmähne. »Ich *liebe* Pferde. Pferde sind total angesagt: auf T-Shirts, als Modeschmuck, auf Tüchern und ...«
»Alles klar«, sagte Franzi. »Du meinst Pferde ohne den lästigen Stallgeruch.«
Bei Chrissie wunderte sie schon lange nichts mehr. Jede Woche hatte sie eine andere Macke: Mal war sie im Handyfieber, mal hatte sie zwei Freunde gleichzeitig, mal wollte sie plötzlich als Popstar die Charts stürmen, obwohl sie ungefähr so gut singen konnte wie ein Goldfisch. Und jetzt eben der Pferdetick.
»Also, was ist?«, fragte Chrissie. »Leihst du mir deinen Gürtel? Nur für ein paar Stunden! Ich gehe mit Bernd zum Eislaufen.«
Franzi stöhnte. Sie hatte zwei Möglichkeiten: entweder nachzugeben oder Chrissie die nächste halbe Stunde nicht mehr loszuwerden. Da sie auf Letzteres überhaupt keine Lust hatte, entschied sie sich lieber für die erste Möglichkeit und ging zu ihrem Schrank. »Da hast du den Gürtel. Aber mach ihn bloß nicht kaputt!«
»Natürlich nicht«, sagte Chrissie und verließ triumphierend das Zimmer. Franzi sperrte die Tür hinter ihr ab, damit nicht noch mal jemand reinplatzen konnte. Danach setzte sie sich wieder an den Schreibtisch.

Die Ausrüstung für Profidetektive war wirklich zu teuer, aber als erste Info bestimmt nicht schlecht. Sie würde Kim und Marie einfach schnell den Link schicken. Später wollten die drei !!! sowieso noch ausführlich besprechen, welche Gegenstände sie anschaffen würden.

Nachdem Franzi das Angebot des Onlineshops geteilt hatte, beschloss sie, sich noch andere Seiten mit Detektivausrüstungen anzuschauen. Als sie zu den Treffern ihrer Suchmaschine zurückging, blieb sie plötzlich an einem Link hängen, bei dem in der Kurzinfo »Skater-Detektive« fett gedruckt war. Es handelte sich um einen Kinderkrimi, in dem die Detektive nicht nur eine tolle Ausrüstung hatten, sondern auch ständig auf ihren Skates unterwegs waren. Neugierig klickte Franzi den Link an. Sie skatete wahnsinnig gern – mindestens genauso gern, wie sie auf ihrem Pony Tinka ritt.

Auf der Buchseite gab es weitere Infos zum Krimi und Links zu verschiedenen Computerspielen für Skater- und Sportbegeisterte. Franzi klickte weiter und weiter und sah sich eine Beschreibung nach der anderen und gefühlt tausend Let's Plays an. Am besten fand sie die, bei denen auch ein Voice- oder Text-Chat dabei war. Franzi zupfte immer wieder an ihren roten Haarsträhnen und versank völlig in der Spielewelt.

Plötzlich klingelte es unten an der Haustür. Franzi fuhr hoch. Wer konnte das denn sein? Sicher nicht ihre Freundinnen, dafür war es viel zu früh. Schnell warf sie einen Blick auf ihre Armbanduhr. Was, schon vier Uhr? Wo war bloß die Zeit geblieben? Mist! Und sie hatte bis jetzt nur einen Onlineshop gefunden. Da würden die anderen garantiert sauer sein. Zumal sie sich regelrecht darum gerissen hatte, den Recherchejob zu übernehmen.

»Franzi!«, rief ihre Mutter vom Flur herauf. »Besuch für dich.«

»Ich komme!«, rief Franzi zurück, klappte den Laptop zu und sprang auf. Da klopfte es schon an ihre Tür.

»He, willst du uns nicht reinlassen?« Das war Maries ungeduldige Stimme.

»Doch, klar«, sagte Franzi und machte auf.

Draußen standen ihre Freundinnen Marie und Kim. Marie war wie immer gestylt und geschminkt, Kim dagegen hatte ihre verwaschene Lieblingsjeans und einen dicken Rollkragenpulli an.

»Wie geht es deinem Knöchel?«, fragte Kim.

»Gut«, sagte Franzi.

Vor einiger Zeit war sie ausgerechnet kurz vor dem Abschluss ihres letzten Falls vom Pony gestürzt und hatte sich den Knöchel verstaucht. Inzwischen spürte sie zum Glück fast nichts mehr und der Arzt war auch sehr zufrieden.

Marie musterte sie von Kopf bis Fuß und ihr Blick blieb schließlich an Franzis zerzausten Haaren hängen.

»Was ist denn mit dir los?«, fragte sie. »Bist du gerade erst aufgestanden oder hast du etwa unser Treffen vergessen?«

»Quatsch«, sagte Franzi. »Ich hab nur ein bisschen im Internet gesurft und …«

»Hoffentlich für unseren Detektivclub«, sagte Marie.

Franzi wich aus. »Auch …«

»Kommt«, sagte Kim, »oder wollt ihr alle Details hier zwischen Tür und Angel ausplaudern? Dann können wir auch gleich zu deiner Mutter in die Küche gehen.«
Prompt erschien Franzis Mutter am Fuß der Treppe. »Ich hab gerade Plätzchen gebacken. Soll ich sie euch raufbringen?«
»Nein, nein, danke«, sagte Franzi schnell. »Wir nehmen sie mit in den Pferdeschuppen.«
»Aber da ist es bestimmt schrecklich kalt«, meinte ihre Mutter. »Nicht dass ihr euch erkältet. Bleibt lieber hier.«
Franzi nahm ihr den Plätzchenteller aus der Hand. »Kein Problem. Wir haben doch den Bollerofen.« Damit schob sie Kim und Marie in Richtung Haustür.
»Nehmt wenigstens Decken mit«, sagte Franzis Mutter und drückte Marie einen Stapel in die Arme.
Kurz darauf saßen sie in ihrem Hauptquartier. Dort war es wirklich sehr kalt. Franzi hatte eigentlich vor einer Stunde den Ofen anheizen wollen, es dann aber über dem Surfen komplett vergessen.
Fröstelnd zog Marie die Schultern hoch und wickelte sich in eine der Wolldecken ein. Franzi stellte den Plätzchenteller auf den Tisch und Kim streckte sofort die Hand danach aus.
»Hmm, Zimtsterne! Köstlich, deine Mutter ist ein Genie.«
»Ich werde es ihr ausrichten«, sagte Franzi und musste grinsen. Sie kannte niemanden, der Süßigkeiten so sehr mochte wie Kim. Besonders bei Schokolade konnte ihre Freundin oft nicht widerstehen.
Genüsslich schleckte Kim auch noch den letzten Krümel von

den Fingern. »Zimtsterne Mitte November – da komme ich gleich in Weihnachtsstimmung!«
»Hoffentlich schneit es bald«, sagte Franzi. »Ich liebe es, mit Tinka durch frischen Pulverschnee zu reiten.«
Maries Augen leuchteten. »Und ich kann es kaum erwarten, das erste Mal Ski zu laufen.«
Kim lächelte. »Ihr denkt natürlich wieder sofort an Sport! Also ich finde es im Winter am schönsten, dass man es sich dann zu Hause so richtig schön gemütlich machen kann, mit einem Buch auf dem Sofa und einer Tasse Tee.«
Tee war das Stichwort für Franzi, rasch noch mit dem Wasserkocher Teewasser aufzusetzen. Nachdem sie kurz darauf dampfenden Kräutertee in drei Tassen gefüllt hatte, sagte sie zu ihren Freundinnen: »Also, kommen wir zu unserem heutigen Tagesordnungspunkt. Was wollen wir für unseren Detektivclub anschaffen? Habt ihr euch meinen Link schon angesehen?«
Kim schüttelte den Kopf. »Ich bin leider noch nicht dazugekommen.«
»Ja, klar, ich hab dir doch schon geantwortet«, sagte Marie verwundert.
Franzi wurde rot. »Oh, hab ich noch gar nicht gelesen.«
»Lass mich raten«, sagte Kim und grinste Franzi über den Rand ihrer Teetasse hinweg an. »Bist du im Netz abgetaucht?«
Leugnen hatte keinen Zweck, weil Marie und Kim sie inzwischen zu gut kannten. »Ja, kann sein«, gab Franzi zu. »Zwei Klicks weiter war da eine echt spannende Seite über Skater-Games …«

»So was könnte mir ja *nie* passieren!«, sagte Marie, und alle drei lachten.

»Aber zurück zu unserem Thema«, meinte Kim, die sich inzwischen Franzis Link angeschaut hatte. »Ich fürchte, diese Detektivsachen aus dem Shop kosten viel zu viel Geld.«

»Ich könnte sie uns besorgen, ich habe genug ...«

»Das kommt gar nicht infrage, Marie. Wir kaufen uns nur, was wir uns zusammen leisten können!«, unterbrach Kim die Freundin.

Sie holte ein Blatt Papier aus ihrem Rucksack. »Ich hab was mitgebracht.«

Neugierig beugte Franzi sich vor. »Was ist das?«

»Eine Liste der Ausrüstung der *Drei ???*«, antwortete Kim. »Ich bin mal meine *Drei-???*-Krimis durchgegangen und hab mir notiert, was die so alles haben.«

»Tolle Idee«, sagte Marie.

Kim nickte. »Ich habe die Bücher ja auch verschlungen. Besonders gut fand ich immer den Peilsender.«

»Den kannst du gleich vergessen«, sagte Franzi. »Der ist viel zu teuer. Dafür reicht unser Geld nicht.«

»Es gibt noch genug andere Sachen«, sagte Kim und las die Punkte auf ihrer Liste vor: »Handys haben wir schon, aber wie wär's mit Wanzen oder einem Metallsuchgerät? Und hier: Fingerabdruckset, Mikroskop, Kartenmaterial, Lexika und ein Fotolabor.«

Franzi hörte aufmerksam zu. »Ein Fotolabor brauchen wir nicht, oder? Wir können unsere Fotos doch sofort am PC angucken und ausdrucken oder in einer Drogerie Abzüge machen lassen.« Die anderen nickten. »Aber ein Metallsuchgerät finde ich spannend.«

»Ich weiß nicht«, meinte Marie. »Wie oft werden wir das benutzen? Ich bin mehr für das Fingerabdruckset. Das ist absoluter Standard für jede Detektivausrüstung.«

Kim nickte. »Da hast du recht.«

»Was gehört eigentlich alles zu so einem Set?«, erkundigte sich Franzi.

Kim wusste es. »Grafitpulver und ein Pinsel zum Abpinseln der Gegenstände. Außerdem Klebeband zum Abziehen und Spezialpapier. Darauf klebt man das Klebeband und schon werden die Fingerabdrücke sichtbar.«

»Cool«, sagte Franzi. »Das klingt gar nicht so teuer. Das sollten wir uns auf jeden Fall anschaffen.«

Kim strahlte vor Freude. »Dann sind wir uns da ja schon mal einig.«

»Und was ist mit Fußspuren?«, fiel Marie ein. »Dafür brauchen wir Gips, oder?«

»Ja, genau«, sagte Kim. »Mit Gips gießt man Fußabdrücke oder Reifenspuren aus, lässt den Gips hart werden und hat danach das Negativmodell. Gips kostet auch nicht so viel, glaube ich.«

»Okay«, sagte Franzi.

»Kartenmaterial müssen wir zum Glück nicht anschaffen, wir haben ja mit den Handys Zugriff auf Onlinekarten«, sagte Kim. »Trotzdem ist unser Geld dann bestimmt alle, oder?«

Franzi schüttelte den Kopf. »Wer weiß? Bevor wir etwas kaufen, sollten wir sowieso erst Kommissar Peters fragen. Sicher hat er eine günstige Einkaufsquelle und kann uns Tipps geben.«
Kommissar Peters war ein Freund von Maries Vater, der in der beliebten Fernsehserie *Vorstadtwache* den Hauptkommissar Brockmeier spielte. Kommissar Peters hatte den drei !!! bereits bei ihren vorangegangenen Fällen geholfen. Auf ihn und seinen Kollegen, Polizeimeister Conrad, konnten sie sich hundertprozentig verlassen.
»Wir sollten ihn anrufen«, schlug Kim vor.
Marie lächelte. »Das können wir uns sparen. Ich hab ihn schon angerufen und er hat Zeit für uns. Morgen um drei haben wir einen Termin bei ihm im Präsidium.«
»Wahnsinn!«, rief Kim.
»Super«, sagte Franzi, die es ziemlich cool fand, dass Maries Vater als Schauspieler viele Leute kannte. Und für ihre Detektivarbeit war es in diesem Fall außerdem extrem nützlich.
Kim stand auf und schnappte sich noch ein Plätzchen. »Okay, dann treffen wir uns morgen um drei beim Kommissar.«
»Und wenn wir die Ausrüstung erst haben«, sagte Franzi, »kommt der nächste Fall bestimmt auch bald.«
Kim nickte. »Das klingt nach unserem Schwur.«
Marie wickelte sich aus ihrer Decke und stellte sich zu den anderen. Die drei Detektivinnen streckten die Arme aus und legten die Hände übereinander. Im Chor riefen sie: »Die drei !!!.«
Dann sagte Kim: »Eins!« Franzi sagte: »Zwei!«, und Marie: »Drei!«

Danach hoben sie gleichzeitig die Hände in die Luft und riefen zum Abschluss laut: »Power!!!«

Als sie aufbrachen und Franzi sich gerade von ihren Freundinnen verabschieden wollte, hielt Marie sie am Arm fest.

»Kann ich noch ein bisschen bleiben? Wir könnten doch noch eine zweite Kanne Tee machen ...«

Franzi ahnte sofort, dass es Marie eigentlich nicht um den Tee ging. Sonst hatte sie es nach den Treffen immer furchtbar eilig, weil sie entweder zur Gesangsstunde, zum Yoga, Musical Dance oder in die Theater-AG musste. Marie wollte nämlich später Sängerin oder Schauspielerin werden.

Da fragte Marie auch schon gespielt beiläufig: »Ist Stefan zufällig da?«

Franzi grinste. »Tut mir leid, ich muss dich enttäuschen. Stefan hat heute seine BWL-AG.«

Es war ein offenes Geheimnis, dass Marie Franzis großen Bruder ziemlich gut fand. Natürlich war er mit seinen 18 Jahren viel zu alt für sie, aber Marie genoss es trotzdem, mit ihm zu reden und zu lachen. Zugegeben hätte sie das natürlich nie im Leben.

»Ach so ...«, sagte Marie. »Hm. Ich glaube, ich muss doch los. Ich muss ... äh ... noch für meine nächste Gesangsstunde üben.«

»Klar«, sagte Franzi. »Dann viel Spaß!«

Sie gingen nach draußen und Franzi warf Kim hinter Maries Rücken einen übertrieben schmachtenden Blick zu, mit dem sie Marie nachahmte. Kim musste sich zusammenreißen, um nicht laut loszulachen.

Ein neuer Fall

Als die drei Detektivinnen um die Ecke bogen, wären sie beinahe mit Franzis Vater zusammengestoßen. Der redete auf eine Frau ein, die ihren Dackel an der Leine hatte und anscheinend gerade bei ihm in der Tierarztpraxis gewesen war. Franzi runzelte die Stirn. Komisch! Sonst begleitete ihr Vater seine Kunden nie bis zur Gartentür.

Rasch gab sie Marie und Kim ein Zeichen. Sofort zogen sich die drei !!! ein Stück zurück und lehnten sich gegen die Backsteinmauer. Franzis Vater hatte sie ebenso wenig bemerkt wie seine Begleiterin. Die beiden waren so vertieft in ihr Gespräch, dass sie nichts um sich herum wahrnahmen.

Kim prägte sich wie immer in Sekundenschnelle die Personenbeschreibung ein: Die Frau war circa 1,60 Meter groß, Mitte vierzig, hatte glatte braune, kinnlange Haare, eine runde Brille und war etwas füllig. Sie trug eine lange hellblaue Winterjacke und eine Strickmütze.

»Das muss ein schlimmer Schock für Sie gewesen sein«, sagte Dr. Winkler. »Das tut mir wirklich leid, Frau Tonde.«

»Danke«, sagte Frau Tonde. »Sie sind so lieb, Herr Doktor. Sie haben sicher viel zu tun. Ihr Wartezimmer …«
Der Tierarzt unterbrach sie. »Ich bitte Sie, das ist doch selbstverständlich.«
Franzi sah Marie und Kim ratlos an. War etwa ein Verwandter der Frau plötzlich gestorben?
Da redete Frau Tonde weiter: »Ich kann es einfach nicht fassen. Wer tut denn so was, am helllichten Nachmittag!«
»Ich weiß es leider auch nicht«, sagte Franzis Vater. »Aber die Polizei wird bestimmt nicht lockerlassen.«
Die drei !!! horchten auf. Polizei? Ging es hier um ein Verbrechen?
Frau Tonde seufzte. »So viele schöne Dinge haben sie mitgenommen: den Schmuck meiner Großmutter, das Tafelsilber – mein Hochzeitsgeschenk – und die Münzsammlung meines Mannes. Was da alles für Erinnerungen dranhängen, das lässt sich mit Geld gar nicht aufwiegen.«
Franzi sah Marie und Kim mit strahlenden Augen an. Das hörte sich doch ganz nach einem neuen Fall an! Dass es so schnell gehen würde, hätte sie allerdings nicht gedacht.
»Ja«, sagte Dr. Winkler. »Ich wünsche Ihnen, dass die Einbrecher bald geschnappt werden. Und vielleicht haben sie die gestohlenen Dinge ja noch nicht verkauft.«
»Das wäre zu schön«, sagte Frau Tonde.
»Wuff!«, machte ihr Dackel und zog an der Leine.
Frau Tonde schniefte kurz. »Schon gut, Timmi, wir gehen ja schon nach Hause. Zum Glück warst du nicht da, als die

Einbrecher gekommen sind. Also vielen Dank noch mal, Herr Doktor.«

»Keine Ursache. Auf Wiedersehen, Frau Tonde«, sagte Franzis Vater und verschwand mit schnellen Schritten wieder in seiner Praxis.

Die drei !!! warteten gerade so lange, bis sich die Tür hinter ihm geschlossen hatte. Dann verließen sie ihr Versteck und stürmten auf die Frau zu.

»Huch!«, rief Frau Tonde. »Habt ihr mich aber erschreckt. Wo kommt ihr denn auf einmal her?«

Der Dackel knurrte die drei !!! an und verteidigte mit gefletschten Zähnen sein Frauchen. Kim und Marie wichen lieber einen Schritt zurück.

Franzi blieb stehen und lächelte entschuldigend. »Das tut uns leid, wir wollten Sie nicht erschrecken. Ich bin Franzi Winkler, die Tochter des Tierarztes.«

»Ach«, sagte Frau Tonde, »das ist ja nett. Dein Vater hat schon viel von dir erzählt, nur Gutes natürlich.« Dabei zwinkerte sie Franzi zu. Ihr Dackel hörte auf zu knurren und schnupperte neugierig an Franzis Schuhen.

»Wir haben zufällig gehört, dass bei Ihnen eingebrochen wurde«, sagte Kim und suchte dabei in ihren Hosentaschen nach den Visitenkarten ihres Detektivclubs. Sie streckte Frau Tonde eine Karte hin. »Wir sind Detektivinnen. Können wir Ihnen ein paar Fragen stellen?«

Frau Tonde nahm zögernd die Karte entgegen und las halblaut vor, was darauf stand:

»Ich weiß nicht«, sagte sie. »Ich habe doch der Polizei schon alles erzählt. Und ich hab jetzt eigentlich keine Zeit. Timmi will nach Hause …«

Doch der Dackel schien zu verstehen, dass es hier um einen ernsthaften Kriminalfall ging, und setzte sich brav auf sein rundes Hinterteil. Frau Tonde zögerte immer noch.

»Bitte!«, bat Marie und setzte ihr strahlendes Lächeln auf, mit dem sie meistens erreichte, was sie wollte. »Wir müssen auch nicht hier in der Kälte herumstehen. Kommen Sie, da drüben im ehemaligen Pferdestall ist es schön warm.«

»Na gut«, willigte Frau Tonde schließlich ein.

Die drei !!! lotsten sie in ihr Hauptquartier und boten ihr einen Stuhl und Zimtsterne an. Frau Tonde setzte sich.

Ihr Dackel wollte auch ein Plätzchen haben, aber sein Frauchen sagte sofort: »Nein, Timmi! Kekse sind nicht gut für deinen Magen, das weißt du doch, Kleiner.«

Mit einem traurigen Seufzer legte der Dackel sich auf den Boden und verfolgte neugierig, was passierte.

Kim holte ihr Heft heraus, das sie als Detektivtagebuch für unterwegs benutzte. »Also, bei Ihnen wurde eingebrochen«, fing sie an. »Wann war das denn genau?«
»Gestern zwischen drei und vier Uhr am Nachmittag«, antwortete Frau Tonde.
Kim notierte sich die Tatzeit.
Währenddessen fragte Franzi weiter: »Verraten Sie uns, wo Sie wohnen?«
»Das ist kein Geheimnis«, sagte Frau Tonde. »Ich wohne mit meinem Mann und meiner Tochter in der Turmstraße 12. Wir haben das Reihenhaus am Ende der Straße.«
Marie überlegte. »Haben Sie einen Verdacht, wer der Täter oder die Täterin sein könnte? Haben Sie vielleicht Feinde in der Nachbarschaft?«
Frau Tonde sah Marie entrüstet an. »Wie kommt ihr denn darauf? Nein, wir haben eine sehr gute nachbarschaftliche Gemeinschaft in unserer Straße.«
»Entschuldigen Sie«, sagte Marie. »Das wollte ich gar nicht bezweifeln. Aber es hätte ja theoretisch sein können. Haben Sie sonst irgendeine Vermutung, was den oder die Täter angeht?«
Frau Tonde schüttelte den Kopf. »Nein.«
Jetzt schaltete sich Kim wieder ein. »Die Tatzeit ist wirklich ungewöhnlich. Zwischen drei und vier Uhr war es draußen noch hell. Normalerweise nutzen Einbrecher die Dunkelheit, um nicht bemerkt zu werden. Sie kommen nachts und warten, bis alle im Haus schlafen oder wenn sie wissen, dass die Bewohner in den Urlaub gefahren sind.«

»Das ist ja das Merkwürdige«, sagte Frau Tonde. »Ein Einbrecher am helllichten Tag? Das macht für mich keinen Sinn. Normalerweise ist auch meistens jemand da, weil unsere Tochter mittags von der Schule kommt, aber sie war im Jugendzentrum. Und ich habe an diesem Tag eine Freundin besucht.«
Franzi stutzte. »Merkwürdig! Das klingt fast so, als ob der oder die Einbrecher wussten, dass sie freie Bahn hatten.«
»Ja, genau«, sagte Frau Tonde. »Ich kann mir das nicht erklären.«
»Haben Sie vielen Leuten vom Besuch bei Ihrer Freundin erzählt?«, fragte Marie.
»Nein«, sagte Frau Tonde. »Ich bekam den Anruf erst am Tag davor, als meine Freundin sich kurzfristig freigenommen hatte. Ich hab es nur meinem Mann und meiner Tochter erzählt.«
Die drei !!! sahen sich ratlos an.
Kim klappte ihr Heft zu. »Vielen Dank, Frau Tonde. Sie haben uns sehr geholfen. Wir werden der Spur sofort nachgehen.«
»Na, vielleicht habt ihr ja Glück«, sagte Frau Tonde, »die Polizei ist auch nicht perfekt. Tolle Idee übrigens mit eurem Detektivclub. Als ich so alt war wie ihr, hab ich auch oft Detektivin gespielt.«
Sie stand auf und ihr Dackel wedelte hoffnungsvoll mit dem Schwanz, doch Frau Tonde rückte auch jetzt leider kein Plätzchen heraus.
»Die Idee mit dem Detektivclub hatte Kim«, erzählte Franzi. »Wir sind ziemlich erfolgreich und haben schon zwei Fälle gelöst. Eine Frage noch. Wie heißt denn Ihre Tochter?«

»Sofie«, antwortete Frau Tonde.

Franzi tauschte einen Blick mit Marie. Den Namen hatte sie schon mal gehört. Sofie Tonde ... Plötzlich fiel es ihr ein. »Geht Ihre Tochter öfter ins Jugendzentrum?«

Frau Tonde nickte. »Ja, wieso?«

»Dann kennen Franzi und ich sie«, sagte Marie. »Wir sind auch ab und zu im Jugendzentrum. So ein Zufall! Können wir Ihre Tochter auch noch zu dem Einbruch befragen?«

»Natürlich«, sagte Frau Tonde. »Aber seid nicht enttäuscht, wenn ihr nicht viel Neues von ihr erfahrt, sie ist zurzeit nicht gerade gesprächig. Hängt oft stundenlang am Computer herum und macht irgendein PC-Spiel.«

Franzi musste innerlich grinsen. Bis vor Kurzem hätte sie nicht verstanden, wie man in einem Computerspiel versinken konnte. Heute hatte sie eine Ahnung davon bekommen.

»Komm, Timmi!«, sagte Frau Tonde.

Im letzten Moment fiel Franzi noch ein, nach der Telefonnummer zu fragen. Frau Tonde gab sie ihnen und Franzi speicherte sie gleich in ihrem Handy.

Als die drei !!! wieder alleine waren, sagte Franzi: »Unglaublich! Wir haben einen neuen Fall.«

»Ich kann es auch noch nicht fassen«, sagte Kim.

Marie lächelte. »Gut, dass wir morgen einen Termin bei Kommissar Peters haben.«

Franzi war ein bisschen zu spät dran. Na ja, eigentlich ziemlich spät. Fünfzehn Minuten nach dem vereinbarten Termin kratzte sie mit ihren Inlinern die Kurve, schnallte sie ab, hetzte ins Präsidium und riss die Tür zum Büro des Kommissars auf. Marie und Kim waren schon da und sahen sie vorwurfsvoll an.

»Wo bleibst du denn?«, zischte Marie.

»'tschuldigung«, murmelte Franzi. »Ich hab ein neues Lernprogramm am Computer ausprobiert.«

In Wirklichkeit hatte sie nur ganz kurz das Lernprogramm benutzt und danach ein Computerspiel für Skaterfans ausprobiert.

Marie glaubte ihr kein Wort. »Klar«, sagte sie nur und verdrehte dabei die Augen.

»Setz dich«, sagte Kim. »Wir haben auf dich gewartet.«

»Danke«, sagte Franzi und ließ sich auf einen Stuhl fallen. Kommissar Peters musterte die drei !!! neugierig. »Na, dann sind wir jetzt ja vollständig und ihr könnt mir endlich den Grund für euren Besuch verraten. Seid ihr etwa schon wieder an einem neuen Fall dran?«

Marie schüttelte ihre blonden Haare. »Nein. Wir wollten nur so bei Ihnen vorbeischauen und uns ein paar Tipps holen.«

Franzi schluckte, als Marie den Kommissar einfach anlog. Manchmal setzte sie ihre schauspielerischen Fähigkeiten wirklich sehr gezielt ein. Andererseits war es vielleicht gar nicht so schlecht, wenn Kommissar Peters noch nichts von ihrem neuen Fall wusste. So konnten sie ungestört weiterarbeiten, und er würde sie nicht wieder davor warnen, gefährliche Ermittlungen im Alleingang zu machen.

»Worum geht es?«, fragte der Kommissar.

»Wir wollen uns neue Ausrüstungsgegenstände für unseren Detektivclub anschaffen«, sagte Kim. Dann erzählte sie begeistert von ihrer Recherche in den *Drei-???*-Büchern und meinte schließlich: »Deshalb haben wir uns unter anderem erst mal für das Fingerabdruckset entschieden.«

Der Kommissar nickte. »Eine gute Entscheidung. Das Wichtigste beim Fingerabdruckset ist der Pinsel. Nehmt nicht irgendeinen billigen Pinsel und spart nicht an der falschen Stelle. Nur Pinsel aus sehr feinem Haar eignen sich hervorragend dafür.«

»Wo kann man denn solche Pinsel kaufen?«, erkundigte sich Franzi.

»Dafür müsst ihr in keinen Spezialladen gehen«, sagte Kommissar Peters. »Die findet ihr in jeder guten Kosmetikabteilung – oder vielleicht auch bei euch zu Hause.«

Franzi verstand nur noch Bahnhof.

»Ihr braucht einfach einen Schminkpinsel mit sehr feinen Borsten«, riet der Kommissar.

Kim sah Marie von der Seite an, die heute wieder geschminkt war, mit Foundation, Puder und allem Drum und Dran. »Hast du zufällig so was zu Hause?«

Marie nickte. »Ja, klar. Also zwei, drei Pinsel habe ich schon.«

»Könntest du einen davon entbehren?«, fragte Kim.

Marie zögerte kurz, dann gab sie sich einen Ruck. »Natürlich kann ich das!«

»Wunderbar«, sagte Kommissar Peters und schmunzelte. »Die anderen Sachen für das Fingerabdruckset bekommt ihr günstig in dem kleinen Hobbyladen in der Grasgasse. Habt ihr sonst noch Fragen?«

Die drei !!! hatten alle Infos bekommen, die sie brauchten, bedankten sich und sagten Tschüss.

»Ich wünsch euch viel Glück bei der Suche nach einem neuen Fall!«, rief ihnen der Kommissar noch nach.

»Danke!«, sagten alle drei noch mal.

Franzi dachte dabei: Den Fall haben wir schon, jetzt müssen wir ihn nur noch lösen!

Befragung mit Hindernissen

Als Franzi am nächsten Morgen zum Frühstück herunterkam, war Chrissie noch nicht aufgestanden. Typisch, sie kostete immer jede Minute im Bett aus. Wenigstens konnte sie dann nicht nerven. Den Gürtel hatte sie zum Glück zurückgegeben und nicht kaputt gemacht.

Dr. Winkler und Stefan griffen gleichzeitig nach dem Wirtschaftsteil der Tageszeitung.

Stefan sagte selbstbewusst: »Ich will später BWL studieren, da muss ich über die neuesten Börsenentwicklungen informiert sein!«

Dr. Winkler lachte. »Verstehe. Ich wollte uns sowieso gerade Orangensaft machen.« Er stand auf, halbierte ein paar Orangen und presste sie aus. Dann schenkte er seiner Frau ein Glas frisch gepressten Saft ein.

»Lieb von dir, danke«, sagte Frau Winkler.

Franzis Vater stellte den Krug mit Saft auf den Tisch, sah Stefan neugierig über die Schulter und murmelte: »Unfassbar, wie sich der Finanzmarkt gerade entwickelt!«

Franzi nahm sich eine Scheibe Schwarzbrot und bestrich sie mit Frischkäse. »Wie könnt ihr den Wirtschaftsteil bloß spannend finden? Da schlafen mir ja die Socken ein, wenn ich den lese.«

»Jeder hat eben seine eigenen Interessen«, sagte Stefan. »Du reitest und das finde ich zum Beispiel todlangweilig.«

Frau Winkler nahm inzwischen den Rest der Zeitung in die Hand. »Also ich mag am liebsten die Außenpolitik und die gemischten Nachrichten im Lokalteil mit dem Neusten, was in unserer Stadt so passiert. Hier, da ist eine Meldung über einen Einbruch.«

Beim Wort »Einbruch« wurde Franzi sofort hellhörig.

Ihre Mutter las laut vor:

Einbruch am Nachmittag

Am Dienstag zwischen fünfzehn und sechzehn Uhr wurde in einem Reihenhaus in der Oststadt ein schwerer Einbruch verübt. Offenbar waren mehrere Täter am Werk. Sie erbeuteten Schmuck, Besteck und Münzen im Wert von über 60.000 Euro. Bei dem Großteil der Beute handelt es sich um alten Familienschmuck. Die Einbrecher gingen systematisch und sehr effektiv vor. Keiner der Nachbarn hat sie trotz der ungewöhnlich frühen Tatzeit bemerkt. Die Bewohner des Hauses waren zum Zeitpunkt des Einbruchs nicht zu Hause. Das legt die Vermutung nahe, dass die Täter über die Lebensgewohnheiten und Termine ihrer Opfer genau Bescheid wussten.

Sachdienliche Hinweise, die bei der Überführung der Einbrecher helfen können, bitte an die Polizeistation Oststadt oder an jede andere Polizeidienststelle.

Franzi nickte langsam. »Alles klar.«
Ihre Mutter machte ein besorgtes Gesicht. »Du wirst doch nicht wieder etwas Gefährliches unternehmen?«
»Nein, nein«, antwortete Franzi.
Stefan gab den Wirtschaftsteil an seinen Vater weiter. Der ließ ihn jedoch unberührt auf dem Tisch liegen und sagte zu Franzi: »Bitte überlass die Ermittlungen der Polizei. Und erzähl deinen Freundinnen nichts davon. Sonst kommen die womöglich auch noch auf dumme Gedanken.«
Franzi biss sich auf die Zunge. Auf eine Diskussion »Detektivarbeit ist viel zu gefährlich für dich« hatte sie wirklich keine Lust.
Rasch stand sie auf. »Ich muss los, sonst komm ich zu spät zur Schule.« Am liebsten hätte sie die Meldung über den Einbruch ausgerissen und mitgenommen, aber dann wären ihre Eltern sicher noch misstrauischer geworden. Also musste sie mit leeren Händen abziehen.
Den Schulweg legte sie heute in der Hälfte der Zeit zurück. Vor dem Schultor blieb sie stehen und hielt nach Kim Ausschau, die in ihre Parallelklasse ging. Endlich tauchte sie auf. Franzi schob ihre Freundin von den anderen weg in eine ruhige Ecke. »Hast du schon die neuesten Polizeiinfos mitbekommen?«
Kim holte ihr Handy heraus und öffnete einen Link, den sie gespeichert hatte. »Klar.«
»Wir hatten also recht mit unserer Vermutung«, sagte Franzi. »Die Polizei glaubt auch, dass die Täter wussten, wann sie ungestört einbrechen konnten.«

Kim nickte. »Ich hab es auch schon Marie geschrieben. Wir müssen unbedingt heute ins Jugendzentrum gehen und Sofie ausquetschen.«

»Wann?«, fragte Franzi.

»Um fünf Uhr«, sagte Kim.

Franzi stöhnte. »Erst so spät?«

»Marie konnte nicht früher«, sagte Kim. »Sie hat vorher noch Gesangsstunde.«

»So was Blödes!«, ärgerte sich Franzi. »Kann Marie ihre Gesangsstunde nicht ausnahmsweise mal ausfallen lassen? Ich weiß, sie will später eine berühmte Sängerin oder Schauspielerin werden, aber unser Fall passiert jetzt. Ich finde, der Detektivclub sollte immer vorgehen.«

Kim zwinkerte Franzi zu. »Den Satz merke ich mir. Den sage ich zu dir, wenn du das nächste Mal zwei Stunden mit Tinka ausreiten willst.«

»Schon gut, du hast recht«, räumte Franzi ein.

Da läutete der Schulgong zur ersten Stunde. Kim wurde unruhig. Franzi wusste, dass sie nicht gerne zu spät kam.

»Also dann bis heute Nachmittag«, sagte Kim zu Franzi. Und schon war sie weg.

Franzi seufzte. So hatte sie sich die Ermittlungen im neuen Fall nicht vorgestellt.

Diesmal war Franzi überpünktlich. Als sie um Viertel vor fünf das Jugendzentrum betrat, war von Marie und Kim noch weit und breit keine Spur. Franzi sah sich um. Der große Raum mit den gemütlichen Sofas und Sitzkissen an der Wand war ziemlich voll.

»Hi, Franzi!«, sagte Lena. »Machst du mit beim Gitarrenworkshop? Der fängt gleich an, drüben im kleinen Zimmer.«

Franzi schüttelte den Kopf. »Tut mir leid, hab keine Zeit.«

»Schade«, meinte Lena und wandte sich wieder um.

Während die Gitarrengruppe den Raum verließ, ging Franzi zur Computerecke hinüber. Dort waren alle Plätze an den PCs belegt. Sofie saß ganz rechts und beugte sich tief über die Tastatur ihres Computers. Sie trug Kopfhörer und tauschte sich beim Gaming mit ihren Freunden aus.

»Hallo, Sofie!«, sagte Franzi.

Sofie rührte sich nicht.

»Hallo, jemand zu Hause?«, rief Franzi lauter.

Endlich nahm Sofie die Kopfhörer ab und fragte verwundert: »Warum schreist du denn so?«

»Kann ich mal kurz mit dir reden?«, fragte Franzi.

Sofie klebte schon wieder mit den Augen am Bildschirm. »Ja …«

»Meine Freundinnen Marie und Kim kommen auch noch«, sagte Franzi.

»Sind schon da!«, sagte Marie hinter ihrem Rücken.

Franzi drehte sich um. »Hi!«

Die drei !!! holten sich Stühle und rückten sie an Sofie heran.

»Was soll das denn werden?«, fragte Sofie. »Ein Verhör?«

»Ein ehrliches Gespräch«, sagte Franzi. »Kim, Marie und ich sind Detektivinnen und haben vorgestern zufällig deine Mutter getroffen. Bei euch ist doch eingebrochen worden. Der Fall interessiert uns. Können wir dich ein paar Dinge fragen?«

Sofie nickte, wirkte aber nicht gerade begeistert.

»Wo warst du, als es passiert ist?«, fing Kim an, die bereits ihr Detektivtagebuch herausgeholt hatte.

»Hm?«, machte Sofie. Sie hatte offenbar gar nicht richtig zugehört.

»Kannst du diesen Computer mal für fünf Minuten aus den Augen lassen?«, fragte Marie. »Er läuft dir bestimmt nicht weg.«

Nur ungern löste Sofie ihren Blick vom PC. »Wenn's sein muss. Aber macht es kurz, ja? Ihr seht doch, ich bin mitten in einem Spiel.«

»Klar«, sagte Franzi. »Geht ganz schnell.«

Kim wiederholte ihre Frage: »Wo warst du, als es passiert ist?«

Sofie zögerte einen Moment, bevor sie antwortete. »Hier im Jugendzentrum.«

»Wann bist du nach Hause gekommen?«, wollte Marie wissen.

Sofie überlegte. »So um halb fünf.«

»Und?«, hakte Franzi nach. Diese Sofie ließ sich auch wirklich jedes Wort aus der Nase ziehen. »Wie sah es in eurem Haus aus, als du zurückkamst? Ist dir irgendwas Besonderes aufgefallen?«

Sofie zuckte mit den Schultern. »Voll war's. Überall sind Polizisten rumgeschwirrt. Und meine Mutter war ziemlich fertig.«

»Vergiss mal die Polizisten«, sagte Kim. »Denk an eure Möbel. Stand etwas plötzlich ganz woanders?«

»Weiß nicht«, sagte Sofie. »Ich glaub nicht. In meinem Zimmer zumindest nicht.«
Franzi tauschte einen genervten Blick mit Marie und Kim. Frau Tonde hatte leider recht gehabt. Sofie war extrem wortkarg.
»Oder hast du Spuren gesehen?«, fragte Marie weiter.
Sofie schüttelte wieder den Kopf. »Nee. Für Spuren ist doch die Polizei da.«
Kim seufzte. »Ja, aber die kann auch mal etwas übersehen. Mensch, Sofie, denk doch noch mal scharf nach. Jeder Hinweis, auch der allerkleinste, kann total wichtig sein.«
»Die Einbrecher müssen genau gewusst haben, dass ihr um diese Zeit nicht daheim wart«, sagte Marie. »Kannst du dir vorstellen, warum?«
»Nee«, sagte Sofie. »Die haben halt Glück gehabt.«
Franzi lachte kurz auf. »Das glaubst du doch selbst nicht. Einbrecher spazieren nicht einfach auf gut Glück am helllichten Nachmittag in ein Haus rein. Da könnten sie ja gleich vorher bei der Polizei anrufen und denen Bescheid geben, dass sie einen Einbruch planen.«
»Habt ihr Feinde in der Nachbarschaft? Oder Bekannte, die neidisch auf euer Haus sind?«, fragte Marie.
»Quatsch, wir wohnen in einem ganz normalen Reihenhaus!«, sagte Sofie.
Da fiel Franzi etwas ein. »Oder wurde bei euch in der Nachbarschaft schon öfters eingebrochen? Könnte es ein Wiederholungstäter sein?«
»Einbrüche?«, murmelte Sofie. »Nee, da war nichts.« Dann

drehte sie sich wieder zu ihrem Computer um. »War's das? Ich muss jetzt wirklich weiterspielen.«

Marie sah Kim ratlos an und nickte. »Ja, das war's. Danke, Sofie, dass du dir für uns Zeit genommen hast.«

Kim holte eine Visitenkarte des Clubs aus der Hosentasche. »Hier, das ist unsere Karte. Falls dir doch noch was einfällt. Du kannst uns jederzeit schreiben.«

Sofie nahm die Karte und warf einen abschätzigen Blick darauf. »*Die drei !!!* – was ist das denn für ein komischer Name? Ich kenne nur *Die drei ???*, diese drei Detektive aus Rocky Beach. Aber ist ja auch egal.«

Kim wollte gerade zu einer Erklärung ansetzen, doch Sofie hatte sich bereits dem Bildschirm zugewandt und ihre Kopfhörer wieder aufgesetzt. Die Visitenkarte schob sie achtlos mit einer Hand in ihre Hosentasche, während die andere Hand schon nach der Maus tastete.

Die drei !!! standen unschlüssig herum. Insgeheim hofften sie, dass Sofie im letzten Moment noch auftauen und ihnen ein super Motiv auf dem Präsentierteller servieren würde. Aber da konnten sie lange warten.

Sofie schien bereits wieder vergessen zu haben, dass sie überhaupt da gewesen waren. Sie hing wie hypnotisiert an ihrem Computer.

Franzi sah ihr über die Schulter. Jetzt war sie doch neugierig geworden, welches Spiel Sofie so sehr faszinierte. Plötzlich stutzte sie. Das Design kam ihr irgendwie bekannt vor. Sie sah genauer hin und erkannte das tolle Skaterspiel, das sie auch schon ausprobiert hatte. Nur den Voice-Chat hatte sie noch nicht genutzt.

»Ist der Sprach-Chat gut?«, fragte sie Sofie. »Sind da nette Leute dabei?«

Zum ersten Mal wachte Sofie aus ihrer Trance auf. »Das ist *der* Chat zum Game! Da geht es echt ab. Coole Leute. Die kennen sich alle total gut aus mit Skaten und sind witzig und …«

Kim stieß Franzi mit dem Ellbogen an. »Komm, jetzt lass uns endlich gehen.«

»Wieso?«, fragte Franzi. »Das ist doch spannend.«

»Verrätst du uns, was genau dich daran interessiert?«, wollte Marie wissen.

»Ja, später gerne«, sagte Franzi und beugte sich zu Sofie vor, doch die war wieder in ihre Trance zurückgefallen und starrte gebannt auf den Bildschirm.

»Hey, Sofie!«, rief Franzi.

Keine Reaktion.

»Gib's auf«, sagte Kim. »Die ist im Gaming-Fieber.«

Franzi seufzte. »Gerade wollte sie mir was erzählen. Das hätte uns vielleicht sogar weitergebracht bei unserem Fall. Wenn ihr sie nicht unterbrochen hättet, dann …«

Marie zuckte mit den Schultern. »Ich glaube nicht, dass Sofie uns noch was wirklich Neues verraten hätte. Sie hat nur ihr Spiel im Kopf.«

Da schlug Kim vor: »Was haltet ihr davon, wenn wir ins *Café Lomo* gehen und besprechen, wie wir weiter vorgehen?«

»Ja, gerne«, sagte Marie. »Und wir sollten unbedingt so bald wie möglich an den Tatort. Vielleicht hat die Polizei ja wirklich eine Spur übersehen.«

Franzi nickte. Kim hakte sich bei ihr unter, und während sie sich zu dritt auf den Weg ins *Lomo* machten, redeten Marie und Kim aufgeregt weiter.

Franzi ertappte sich dabei, dass sie mit ihren Gedanken abschweifte. Immer wieder musste sie an das Skaterspiel denken. Sofies Begeisterung, besonders was den Voice-Chat anging, hatte sie angesteckt. Franzi konnte es kaum erwarten, endlich nach Hause zu kommen und das Spiel noch mal auszuprobieren – und den Chat!

Im *Café Lomo* war viel los. Marie ergatterte den letzten Tisch für die drei !!!, und Kim lächelte in die Runde. »Ich lade euch auf einen *Kakao Spezial* ein!«

»Das ist ja nett, danke«, sagte Marie.

Kim zog ihr Handy heraus und öffnete den Link mit der Polizeimeldung. »Lasst uns Sofies Aussage mit den Details vergleichen, die in der Meldung stehen.«

»Gute Idee.« Franzi schob den Gedanken an das Skaterspiel in die hinterste Ecke ihres Gehirns und konzentrierte sich wieder auf den Fall. Die drei !!! mussten unbedingt herausfinden, wer hinter den rätselhaften Einbrüchen steckte – und zwar bald, bevor es zu einem weiteren Einbruch kam!

Eine Stunde später kam Franzi sich vor wie am ersten Schultag. Sie betrat zwar kein reales Schulgebäude, sondern nur einen virtuellen Raum, war aber trotzdem mindestens genauso auf-

geregt. Sie freute sich so, in das Skater-Spiel einzutauchen, dass ihr ganzer Körper zu prickeln anfing. Was würde sie alles erwarten und wer würde sich alles in den Sprach-Chat einschalten? Bis jetzt hatte sie nie ernsthaft einen Voice-Chat genutzt, aber diesmal hatte sie das Gefühl, dass sich gleich eine neue Welt für sie öffnen würde. Sie konnte neue Leute kennenlernen, die das gleiche Hobby hatten wie sie! Sie hatte sich angemeldet und lange überlegt, welchen Nickname sie ihrem Avatar geben sollte. Eine Weile hatte sie zwischen ein paar Skater-Fachbegriffen geschwankt, fand das dann aber doch zu langweilig und hatte sich schließlich für *Apple* entschieden. Das klang nicht zu abgefahren und außerdem waren Äpfel ihr Lieblingsobst, darauf hatte sie immer Lust.
Franzi setzte Kopfhörer auf, spielte ein bisschen und verfolgte dabei eine Weile die Gespräche der anderen. Sie unterhielten sich darüber, wie man in dem Spiel mit welchen Tricks Bonuspunkte sammeln konnte und welche Klamotten den Skater-Stil ausmachten. Das mit den Stunts fand Franzi sehr hilfreich, da sie sich in dem Spiel noch zurechtfinden musste, aber die Klamotten waren weniger spannend. Auch ihren Avatar hatte sie nicht aufwendig angezogen, obwohl es dafür viel Auswahl gegeben hätte.
Sie holte tief Luft und meldete sich zum ersten Mal zu Wort:

Apple: Hi, ich bin neu hier. Mir sind Kleider nicht so wichtig, aber skaten macht mir total viel Spaß.

Sofort antworteten drei Leute auf einmal.

Powerfrau: Hi Apple! Du skatest auch im Spiel richtig cool. Trägst du dann im echten Leben einfach Jeans und Pulli dabei oder was?
Groove: Ich würde meine Lieblingsjeans nicht zum Skaten anziehen. Da hätte ich Angst, dass sie kaputtgeht, wenn ich hinfalle.
Han Solo: Hallo, Apple! Endlich mal jemand, der hier wieder auf den Punkt kommt. Ich finde auch, dass Klamotten Nebensache sind. Wie lange skatest du denn schon? Oh, toller Spin!

Franzi freute sich über das Lob von Han Solo und seine Stimme klang freundlich.

Apple: Hallo, Han Solo, danke für das Kompliment! Ich skate schon seit fünf Jahren. Zum Glück wohne ich ziemlich weit draußen. Ich brauche nur aus der Haustür zu fallen und kann gleich losfahren. Oha, deine Tricks sind aber auch richtig gut!
Han Solo: Haha, danke. Draußen ist es ja zurzeit kalt, da kann man nur hier im Game skaten. Angeblich soll es morgen Glatteis geben. Kennt ihr übrigens den schon? »Hat man über dein Auge gleich kühle Umschläge gemacht?«, fragt der Sportarzt einen Inlineskater, der bei Glatteis gestürzt ist. »Nein, nur dumme Witze!«, antwortet der Skater.
Apple: Der ist gut! Kannte ich noch gar nicht.
Powerfrau: Stimmt, ist echt gut. Aber zurück zum Glatteis. Schlimm finde ich vor allem die Kälte. Da bleib ich lieber zu Hause und übe meine Tricks hier online.

Gerade wollte Franzi Powerfrau ein paar Tipps geben, damit sie im Winter nicht mehr so leicht frieren musste: öfter mal kurz barfuß durch den Schnee laufen zum Beispiel. Da klingelte ihr Handy. Kim hatte eine Nachricht geschickt.

Hi Franzi!
War toll heute im Café. Schade, dass du schon so früh gegangen bist. Marie und ich haben danach noch das Fingerabdruckset gekauft. Treffen uns morgen um elf am Tatort.
Frau Tonde ist da und zeigt uns alles. Sei pünktlich!
Kim

Franzi runzelte die Stirn. Die Bemerkung »Sei pünktlich!« hätte Kim sich auch sparen können. Und warum hatten ihre Freundinnen das Fingerabdruckset alleine gekauft? Da wäre sie gern dabei gewesen.

Wütend legte Franzi ihr Handy weg und konzentrierte sich wieder auf das Spiel und den Voice-Chat. Inzwischen ging es längst um ein anderes Thema. Die Gamer tauschten sich aus, mit welchen Tricks man beim Spiel am schnellsten auf das nächste Level kam.

Als Franzi sich gerade einklinken wollte, platzte Chrissie zur Tür herein. »Hallo! Sag mal, leihst du mir noch mal deinen tollen Gürtel?«

»Nein!«, rief Franzi und stellte sich auf stumm.

Chrissie runzelte die Stirn. »Was ist denn mit dir los?«

»Nichts!«, rief Franzi. »Ich will einfach meine Ruhe.«

»Kein Problem«, sagte Chrissie. »Du brauchst mir nur deinen Gürtel zu geben und ich bin sofort wieder weg.«

Franzi schüttelte den Kopf. »Niemals!«

Chrissie zog eine beleidigte Schnute. »Dann eben nicht. Aber das nächste Mal leih ich dir auch nichts mehr, das kannst du vergessen.« Damit rauschte sie hinaus.

Franzi stöhnte. Chrissie hatte ihr gerade noch gefehlt. Genervt loggte sie sich aus und fuhr den Laptop herunter. Vor lauter Unterbrechungen war ihr die Lust am Gamen und Chatten vergangen.

Am Tatort

Am nächsten Tag trafen die drei !!! ausnahmsweise gleichzeitig am Tatort ein. Doch Kim war nicht allein. Sie hatte Michi Millbrandt mitgebracht, einen Freund, der ihnen auch schon bei früheren Fällen geholfen hatte.

»Hi, Marie, hi, Franzi«, sagte Michi und lächelte sie mit seinen blaugrünen Augen an. »Ich hab mich riesig gefreut, als ihr mich gestern spontan angerufen habt.«

»Hallo, Michi!«, sagte Franzi. Dann flüsterte sie Kim hinter seinem Rücken zu: »Warum hast du nichts davon gesagt, dass er dabei ist?«

Kim zuckte mit den Schultern. »Tut mir leid, war keine Absicht. Michi kennt sich mit Fingerabdrücken aus. Er hat so was schon mal gemacht.« Dabei sah sie ihn bewundernd an. Jeder konnte auf den ersten Blick sehen, dass sie bis über beide Ohren in ihn verknallt war – nur Michi schien immer noch ahnungslos zu sein.

Franzi hatte eigentlich nichts dagegen, dass er bei der Tatortbesichtigung dabei war, sie fand es nur doof, dass Marie und

Kim ihr nicht vorher Bescheid gegeben hatten. Ein bisschen mehr Informationen hätte sie sich von ihren Freundinnen schon gewünscht. Sie waren doch sonst auch ein super Team.
»Worauf warten wir?«, fragte sie ungeduldig.
Kim nickte Michi lächelnd zu, und Marie prüfte schnell noch in ihrem Schminkspiegel die Umgebung. Zwei Kinder bemalten den Gehsteig mit Straßenkreide, ansonsten war niemand unterwegs.
Zu viert gingen sie auf das Haus zu. Franzi versuchte, sich alles genau einzuprägen. Es war eines dieser neuen Reihenhäuser, wie sie zurzeit überall in der Stadt aus dem Boden schossen: Außenfassade aus Holz, ein winziger Vorgarten und dafür eine großzügige Garage. Der Vorgarten der Tondes unterschied sich von den anderen dadurch, dass er mit bunten Keramikkugeln auf langen Holzstangen geschmückt war.
Entschlossen drückte Franzi auf die Klingel. Sofort fing Timmi an zu bellen und von innen an der Tür zu kratzen. Frau Tonde machte auf und der Dackel schoss wie ein Wirbelwind heraus. Automatisch wichen Kim und Marie zwei Schritte zurück.
Franzi ließ sich von Timmis lautem Gebell nicht einschüchtern. »Hallo, Kleiner«, sagte sie und bückte sich zu ihm hinunter. Der Dackel vergaß zu bellen und schnupperte an ihrer Hand. Dann wedelte er mit dem Schwanz.
»Schön, dass du mich wiedererkennst«, lachte Franzi. »Jetzt brauchst du dich auch nicht mehr aufzuregen, oder?«
Timmi wedelte noch heftiger mit dem Schwanz.
»Du kannst aber gut mit Hunden umgehen«, sagte Frau Ton-

de. »Das hast du sicher von deinem Vater. Timmi freundet sich nämlich normalerweise nicht gleich mit jedem Fremden an.«
Franzi lächelte. »Danke.«
Kim zeigte auf Michi. »Das ist übrigens Michi Millbrandt. Er hilft uns bei unseren Ermittlungen.«
»Ihr legt euch ja richtig ins Zeug«, sagte Frau Tonde. »Die Polizei hat leider noch keine Spur. Ich sitze wie auf Kohlen und habe schon dreimal im Präsidium angerufen, aber Kommissar Peters hat mich jedes Mal vertröstet. Dann kommt mal herein. Ihr seid meine große Hoffnung.«
»Danke«, sagte Marie.
Neugierig betrat Franzi als Erste das Haus. Der Flur war mit einer hübschen Blumentapete tapeziert. Auf einem runden Tisch lagen kleine bunte Keramikkugeln in einer Schale. Anscheinend sammelte Frau Tonde Keramik, vielleicht hatte sie die Kugeln sogar selbst gemacht.
Sie führte die Detektivinnen ins Wohnzimmer, das mit einer gemütlichen Sofalandschaft ausgestattet war. Timmi sprang auf den größten Sessel und sah erwartungsvoll drein.
»Wollt ihr euch nicht setzen?«, fragte Frau Tonde. »Kann ich euch einen Tee anbieten, Kekse?«
Marie schüttelte den Kopf. »Nein danke, wir würden gerne gleich loslegen. Welche Zimmer haben die Einbrecher denn durchwühlt?«
»Das Wohnzimmer, das Schlaf- und das Arbeitszimmer«, antwortete Frau Tonde. »Die anderen Zimmer, auch das von Sofie, haben sie in Ruhe gelassen. Wahrscheinlich hatten sie

nicht so viel Zeit. Hier im Wohnzimmer haben sie die Bauerntruhe aufgerissen und das ganze Tafelsilber gestohlen, samt Schatulle.«

»Das ist ja schrecklich!«, sagte Kim. »Dürfen wir?«

Frau Tonde nickte. »Natürlich.«

Kim öffnete ihren Rucksack und holte eine Lupe heraus. Zusammen gingen sie zur Truhe. Da fing Timmi an zu knurren.

»Ruhig, Kleiner«, sagte Frau Tonde. »Es ist alles in Ordnung, das sind Freunde, die uns helfen wollen.«

Der Dackel schien nicht so recht daran zu glauben und ließ die drei !!! nicht aus den Augen.

Michi blieb ein wenig zurück, doch Marie drängte sich neben Kim und beugte sich tief über die Truhe. Franzi konnte gar nichts sehen.

»Lasst mich auch mal ran«, beschwerte sie sich.

Kim gab ihr die Lupe. »Es gibt keine besonderen Spuren. Kein Kratzer, nichts. Da sind nur Reste von Grafitpulver. Wahrscheinlich von der Spurensicherung der Polizei.«

Frau Tonde nickte. »Ja, genau. Man hat aber leider nur die Fingerabdrücke von meinem Mann und mir gefunden.«

Franzi nahm die Lupe in die eine und ihre Taschenlampe in die andere Hand. Kim hatte recht. Die Außenseite und die Schubladen der Truhe waren unversehrt.

Marie tastete vorsichtig die Böden der leeren Schubladen ab. »Hier ist auch nichts, nur ein bisschen Staub.«

»Schade«, sagte Franzi.

»Zeigen Sie uns dann das Schlafzimmer?«, bat Kim.

»Gern«, sagte Frau Tonde.

Sie gingen wieder durch den Flur hinüber. Das Schlafzimmer auf der rechten Seite hinten war hell und freundlich, die Wände gelb gestrichen. Eine grüne Tagesdecke lag auf dem breiten Doppelbett. Ansonsten gab es nur zwei Nachttische – mit jeweils einem Stapel Büchern drauf – und eine altmodische Kommode aus dunklem Holz.

Frau Tonde zeigte auf die Kommode. »Da drin hatte ich den Schmuck von meiner Großmutter aufbewahrt. Wenn meine Großmutter noch lebte, wäre sie furchtbar traurig.«

Franzi hätte Frau Tonde gerne getröstet, aber sie wusste nicht, was sie sagen sollte, und lächelte deshalb nur mitfühlend. Frau Tonde lächelte dankbar zurück.

Die drei !!! machten sich wieder an die Arbeit. Diesmal hielt Michi die Taschenlampe, sodass sie abwechselnd die Kommode untersuchen konnten.

»Nichts!«, sagte Marie.

Franzi gab die Hoffnung noch nicht auf. Schließlich hatten sie das Arbeitszimmer im ersten Stock noch vor sich.

In diesem Raum gab es außer dem Schreibtisch nur graue Regale, gefüllt mit Aktenordnern, dicken Büchern und einer großen, mit schwarzem Leder überzogenen Kassette.

»Waren die Münzen in dieser Kassette?«, fragte Franzi.

Frau Tonde nickte. »Ja, genau.«

Sie öffneten den Deckel, doch außer vier leeren Samtfächern, auf denen man noch die Abdrücke der gestohlenen Münzen erkennen konnte, fanden sie nichts.

Mist!, dachte Franzi und wechselte einen Blick mit Marie und Kim. Die anderen machten genauso enttäuschte Gesichter. Waren sie etwa völlig umsonst hergekommen? Niedergeschlagen gingen sie noch mal an den Regalen entlang und sahen sich die Bücher an. Es waren lauter dicke medizinische Wälzer.

»Sind Sie Ärztin?«, fragte Michi.

»Ja«, sagte Frau Tonde. »Ich arbeite in der Kinderklinik, und mein Mann ist dort in der Verwaltung tätig.«

Franzi kroch auf dem Boden am Regal entlang. Plötzlich stieß sie einen überraschten Schrei aus. »Leute, da ist was! Dahinten, hinter dem einen Fuß vom Regal liegt ein kleines graues Plastikfeuerzeug.«

Frau Tonde kam näher. »Feuerzeug? Wo kommt das denn her? Also von uns ist das nicht! Wir sind Nichtraucher.«

Marie horchte auf. »Man kann ja auch mal eine Kerze damit anzünden. Es stammt wirklich nicht von Ihrem Mann oder von Ihnen? Kann es sein, dass jemand anderes es hier verloren hat?«

Frau Tonde überlegte. »Nein, ich bin ganz sicher. Außerdem haben mein Mann und ich hier erst vor Kurzem gründlich aufgeräumt und Staub gewischt und da lag noch kein Feuerzeug auf dem Fußboden. Wir hatten in den letzten Tagen auch keinen Besuch.«

»Und die Polizei hat das Feuerzeug nicht gesehen?«, hakte Kim nach.

»Nein«, sagte Frau Tonde. »Aber vielleicht hat es einer der Polizisten hier verloren.«

»Das ist sehr unwahrscheinlich«, sagte Franzi. Triumphierend sahen sich die drei !!! an.
»Meint ihr etwa ...«, fing Frau Tonde an und schnappte nach Luft.
Marie nickte. »Es wäre zumindest möglich, dass einer der Einbrecher das Feuerzeug hier verloren hat.«
Kim ging schnell zurück ins Wohnzimmer und kam mit ihrem Rucksack zurück. »Vielleicht sind Fingerabdrücke darauf. Das werden wir sehen. Ich habe unser Fingerabdruckset dabei.«
Frau Tonde kam aus dem Staunen gar nicht mehr heraus. »Ihr könnt Fingerabdrücke abnehmen?«
»Natürlich, das haben wir schon oft gemacht«, behauptete Marie mit einem kurzen Seitenblick zu ihren Freundinnen.
»Das stimmt«, sagte Michi.
Frau Tonde lächelte. »Wenn das so ist, seid ihr ja richtige Profis. Worauf wartet ihr noch? Legt los!«
Das ließen sich die drei !!! nicht zweimal sagen. Gespannt verfolgte Franzi, wie Kim das Fingerabdruckset auspackte. Alles sah tatsächlich sehr professionell aus. Nur der feine Pinsel aus Maries Make-up-Set war ein bisschen auffällig mit seinem mattgoldenen Stiel. Zum Glück hatte die Beauty-Firma ihr Logo sehr klein aufgedruckt. Und der Pinsel funktionierte einwandfrei.
Michi wollte das Feuerzeug schon anfassen, da hielt Kim ihn im letzten Moment zurück. »Stopp! Du willst doch nicht etwa neue Fingerspuren hinterlassen und die alten verwischen?«
Franzi gab Michi ein Paar dünne Gummihandschuhe. »Kannst

du die jetzt vielleicht gebrauchen? Kim hatte mich gebeten, welche zu besorgen.«

»Ja, klar, danke!«, sagte Michi und wurde rot.

Franzi biss sich auf die Lippe. Das wäre beinahe schiefgegangen. Es mochte ja sein, dass Michi sich mit Fingerabdrücken auskannte, aber so ein grober Fehler hätte ihm nicht passieren dürfen. Vielleicht war er doch nicht so ahnungslos, was Kim betraf, und hatte sich auch in sie verguckt. Das würde erklären, warum er sich etwas ungeschickt verhielt.

Marie griff schnell nach dem Pinsel, während Michi die Handschuhe anzog. Franzi öffnete inzwischen die Dose mit dem Grafitpulver. Vorsichtig hob Michi das Feuerzeug hoch. Marie tauchte den Pinsel in das Grafitpulver und pinselte das Feuerzeug ab. Und tatsächlich kamen drei runde schwarze Fingerabdrücke zum Vorschein.

»Volltreffer!«, sagte Frau Tonde und strahlte über das ganze Gesicht. »Ihr seid genial!«

»Abwarten«, meinte Franzi. »Nur wenn wir sehr viel Glück haben, gehört das Feuerzeug tatsächlich dem Einbrecher und es sind seine Fingerabdrücke.«

Kim zog jetzt die Fingerabdrücke mit Klebeband ab und presste das Band auf ein Stück Spezialpapier.

Marie zückte die Lupe. »Hm, die Abdrücke sind etwas verwischt.«

»Ach so«, sagte Frau Tonde. Das Strahlen auf ihrem Gesicht verschwand.

»Am besten bringen wir Kommissar Peters die Abdrücke«,

schlug Franzi vor. »Er kann sie bestimmt für uns im Labor überprüfen lassen.«
Michi nickte. »Gute Idee. Das wollte ich auch vorschlagen.«
»Ihr müsst mich aber sofort anrufen, sobald ihr etwas wisst, ja?«, sagte Frau Tonde.
»Klar«, sagte Kim. »Entweder melden wir uns selber oder Kommissar Peters wird Sie anrufen.«
Frau Tonde ging hektisch im Zimmer auf und ab. »Ich bin ja so aufgeregt. Plötzlich gibt es doch eine Spur. Jeder Tag zählt, jede Stunde, in der diese gemeinen Verbrecher unsere schönen Sachen vielleicht noch nicht verkauft haben.«
Kim packte das Fingerabdruckset wieder ein und verstaute das Feuerzeug sowie das Spezialpapier mit den Fingerabdrücken in einem extra Klarsichtbeutel. »Keine Sorge, wir beeilen uns. Wir gehen sofort ins Präsidium.«
»Soll ich euch mit dem Auto hinbringen?«, fragte Frau Tonde.
»Nicht nötig«, sagte Franzi. »Wir sind mit den Rädern da.«
Sie verabschiedeten sich von Frau Tonde, die ihnen noch lange nachwinkte, als sie längst auf den Rädern saßen. Timmi bellte und rannte ein Stück hinter ihnen her.
Michi bog bei der zweiten Straßenkreuzung ab. »Ich kann leider nicht mitkommen, ich hab einen neuen Aushilfsjob in einer Bäckerei.«
»Schade!«, sagte Kim. »Danke, dass du uns geholfen hast.«
Michi wurde wieder rot. »Sehr gerne. Und sorry wegen der Sache mit dem Feuerzeug. Bis bald, ich wünsch euch viel Glück. Schickt mir eine Nachricht.«

Kim rief freudestrahlend: »Mach ich!« Dann bog Michi auch schon um die Ecke.
»Jetzt aber los!«, rief Franzi und trat kräftig in die Pedale. Marie sauste neben ihr her.
»Wartet!«, keuchte Kim von hinten. »Ich kann nicht so schnell.«
Franzi bremste etwas ab, bis Kim aufgeholt hatte. Ihr Herz klopfte aufgeregt, doch das kam nicht vom Radfahren, das war sie schließlich gewohnt. Sie konnte es einfach nicht erwarten, Kommissar Peters ihren tollen Fund zu zeigen. Der würde Augen machen!
Atemlos kamen sie beim Präsidium an und stürmten auf die Wache, weil sie nicht wie sonst einen Termin mit dem Kommissar hatten.
»Wir möchten zu Kommissar Peters«, sagte Marie.
Die diensthabende Polizistin schaute überrascht. »Ihr kennt den Kommissar? Hattet ihr schon mal eine Schulführung in unserem Präsidium?«
Kim zückte eine Visitenkarte. »Nein. Wir sind Detektivinnen, unser Club heißt *Die drei !!!*.«
Die Polizistin lächelte. »Habt ihr nicht den Castingfall gelöst?«
»Ja, genau«, sagte Franzi ungeduldig. »Können wir jetzt endlich zum Kommissar?«
»Tut mir leid«, sagte die Polizistin. »Kommissar Peters hat heute keinen Dienst. Er ist erst wieder am Montag im Haus.«
Franzi stöhnte auf: »Oh nein!«

»Mist«, murmelte Marie.
»Was wollt ihr denn von Kommissar Peters?«, fragte die Polizistin neugierig. »Seid ihr an einem neuen Fall dran?«
Die drei !!! schwiegen. Sie würden ihr Geheimnis bestimmt nicht verraten.
Da fiel Kim etwas ein. »Und was ist mit dem Kollegen von Kommissar Peters, Polizeimeister Conrad?«
»Der ist schon da«, sagte die Polizistin. »Ich kann ihn anrufen.«
Marie strahlte die Polizistin an. »Tun Sie das bitte!«
Drei Minuten später waren sie endlich im Büro von Polizeimeister Conrad.
»Nanu«, sagte der Polizeimeister. »Was führt euch an einem Samstag hierher? Das muss ja etwas sehr Dringendes sein.«
Kim nickte. »Wir haben ein Indiz im Einbruchsfall in der Turmstraße. Wir haben am Tatort ein Feuerzeug mit Fingerabdrücken gefunden. Hier ist das Feuerzeug und auf dem Spezialpapier sind die Abdrücke.«
Verblüfft starrte Polizeimeister Conrad auf das Papier. »Macht ihr Witze? Wir haben die Spurensuche am Tatort doch längst abgeschlossen. Da war kein Feuerzeug.«
»Doch«, sagte Franzi und erklärte schnell, wo sie das Feuerzeug gefunden hatten.
Polizeimeister Conrad ließ sich in seinen Bürostuhl fallen. »Das ist ja ein Ding. Da habt ihr ganze Arbeit geleistet, nicht schlecht. Allerdings habt ihr womöglich durch unsachgemäßes Vorgehen wichtige Spuren vernichtet. Das wäre fatal. Bitte ruft

uns das nächste Mal sofort an und überlasst die Spurensicherung den Fachleuten. Habt ihr verstanden?«
Die drei !!! sahen den Kommissar betroffen an.
»Oh, das wollten wir nicht«, sagte Marie.
Kim räusperte sich. »Bitte geben Sie die Abdrücke doch gleich ins Labor. Dann erfahren wir, ob es noch mal gut gegangen ist. Wir warten gerne, bis die Ergebnisse da sind.«
»Da müsstet ihr allerdings hier übernachten«, sagte der Polizeimeister, »und das geht leider nicht. Vor Montag früh werden die Ergebnisse nämlich nicht da sein.«
Franzi runzelte die Stirn. »Warum dauert das denn so lang?«
Polizeimeister Conrad lächelte. »Tja, das Labor ist ziemlich überlastet zurzeit und der Einbruch in der Turmstraße ist nicht der einzige Ermittlungsfall. Geht nach Hause und genießt euer Wochenende. Wir kümmern uns weiter um den Fall.«
»Aber wir haben doch das Beweismaterial geliefert«, sagte Kim entrüstet. »Es ist auch unser Fall.«
Polizeimeister Conrad seufzte. »Normalerweise geben wir bei laufenden Ermittlungen an Außenstehende gar keine Auskunft weiter. Das könnte sonst unsere Aufklärungsarbeit gefährden. Bitte habt Verständnis dafür, dass ich euch heute nichts anderes sagen kann. Am besten ruft ihr am Montag den Kommissar an, der wird euch informieren. Und seid nicht enttäuscht, falls ihr ihn nicht erreicht. Montags sind immer viele Besprechungen.«
Unschlüssig standen die drei !!! im Raum. Franzi ärgerte sich. So höflich Polizeimeister Conrad auch war, er behandelte sie gerade wie kleine Kinder.

Als die drei !!! schließlich draußen standen, sahen sie sich an.
»Was war das denn gerade?«, fragte Kim wütend.
»Der hat uns einfach abgewimmelt«, sagte Marie.
Franzi nickte. »Wir hätten nicht zu ihm gehen sollen. Kommissar Peters hätte uns nie so behandelt.«
»Das hilft uns jetzt alles nichts«, sagte Kim und versuchte wieder positiv zu denken. »Das Wichtigste ist, dass die Abdrücke ins Labor kommen. Wir haben getan, was wir tun mussten, und Fingerspuren wurden zum Glück auch nicht verwischt!«
»Das war wirklich knapp«, stellte Marie fest. »Zum Glück hatte ja Franzi, die große Retterin, Handschuhe dabei.«
»Wolltest du Michi nicht eine Nachricht schicken?«, fiel Franzi ein.
»Das mach ich sofort, wenn ich zu Hause bin«, sagte Kim. »Ich Schussel hab mein Handy vergessen.«
Marie verkniff sich ein Grinsen. »Dein Michi freut sich sicher schon darauf.«
Kim wurde rot. »Er ist nicht *mein* Michi. Könnte eine von euch bitte Frau Tonde anrufen?«
»Das mach ich«, bot Franzi an.
»Danke«, sagte Kim. Dann schwang sie sich aufs Rad und fuhr davon.
Franzi sah ihr verblüfft nach. »Die hat ja plötzlich einen Turboantrieb! Und da behauptet sie immer, dass sie nicht so sportlich ist. Von wegen!«
»Tja«, sagte Marie mit einem Augenzwinkern. »Liebe verleiht Flügel!«

Verzweifelte Suche

Detektivtagebuch von Kim Jülich
Samstag, 13:00 Uhr

Heute ist so viel passiert, dass ich gar nicht weiß, wo ich anfangen soll. Unser neuer Fall entwickelt sich super. Kaum hatten wir unser Fingerabdruckset gekauft, kam es auch gleich zum Einsatz.

Wir waren am Tatort und haben Fingerabdrücke gefunden, obwohl die Polizei vorher alles abgesucht hatte! Ich hoffe, dass wir die Abdrücke auf dem Feuerzeug nicht aus Versehen doch verwischt haben und das Labor etwas herausfindet. Vielleicht stammt das Feuerzeug tatsächlich von der oder den Personen, die bei den Tondes eingebrochen sind, und wir können sie damit überführen.

Frau Tonde war total nett. Solche Leute sollte es öfter geben, dann wäre die Detektivinnenarbeit leichter. Sie hat sich viel Zeit für uns genommen, obwohl die Polizei sicher auch schon stundenlang in ihrem Haus zugange war. Und letztlich hat es sich ja für sie gelohnt und wird sich hoffentlich noch weiter lohnen! Langsam werden wir immer professioneller (bis auf Michis Ausrutscher mit den Handschuhen!).

Es macht echt Spaß, Detektivin zu sein. Das Einzige, was dabei leider wieder viel zu kurz kommt, ist mein Krimi. Ich hab zwar gestern und vorgestern wieder ein paar

Seiten geschrieben, aber so richtig zufrieden bin ich damit nicht. Nur eines weiß ich jetzt ganz sicher: Es soll um eine große Einbruchsserie gehen, in mehreren Städten. Mal sehen, was mir dazu einfällt.

Geheimes Tagebuch von Kim Jülich
Samstag, 13:15 Uhr

▸ Ich sage es noch mal: Lesen für Unbefugte (alle außer Kim Jülich) ausdrücklich verboten! Tabu! Oder falls du es immer noch nicht verstanden hast: UNTERSAGT! ◂
Es war so toll, Michi wiederzusehen! Natürlich musste ich mich auf unsere Arbeit konzentrieren, aber es war so ein wunderbares Gefühl, dass Michi die ganze Zeit dabei war.
Ob er eigentlich weiß, was für ein schönes Lächeln er hat? Manchmal fällt ihm eine braune Haarsträhne ins Gesicht, das mag ich so. Und dass er uns geholfen hat, obwohl er heute seinen neuen Aushilfsjob anfängt, ist echt super nett von ihm.
Gerade habe ich ihm eine Nachricht geschickt und er hat sofort zurückgeschrieben: Bin auch super gespannt, was im Labor rauskommt. Bis bald!
Die Nachricht werde ich nie wieder löschen!
Weiß er, dass ich in ihn verliebt bin? Ahnt er etwas? Vielleicht ist er ja auch in mich verliebt und traut sich nur nicht, es mir zu sagen? Früher oder später werde ich es ...

Plötzlich knallte ein Gegenstand gegen ihre Tür. Kim sprang auf, raste zur Tür und riss sie auf. »Ist was passiert?«
»Nö«, sagte Ben und grinste. Sein Zwillingsbruder Lukas stand neben ihm und hielt einen Fußball in der Hand.
»Spinnt ihr?«, fragte Kim. »Ihr habt mir einen Riesenschrecken eingejagt.«

»Wieso?«, fragte Lukas.
Kim verdrehte die Augen. Jetzt taten sie auch noch so unschuldig, dabei waren ihre Brüder die frechsten Jungen der ganzen Stadt, und ausgerechnet sie musste mit ihnen unter einem Dach leben.
»Wieso, wieso?«, äffte sie Lukas nach. »Ich dachte schon, ihr hättet euch verletzt. Was macht ihr da überhaupt? Mama hat euch doch verboten, im Haus Fußball zu spielen.«
Ben sah sie herausfordernd an. »Willst du uns etwa verpetzen?«
»Nein, natürlich nicht«, sagte Kim. »Spielt meinetwegen, was ihr wollt, aber lasst mich in Ruhe.«
Lukas' Augen blitzten. »Echt? Wir dürfen spielen, was wir wollen? Dann wollen wir an deinen Computer, nur für ein kleines Spiel, bitte!«
»Kommt nicht infrage«, sagte Kim. »Wie oft soll ich euch das noch sagen?«
Damit ließ sie ihre Brüder stehen, knallte die Tür zu und sperrte zweimal ab. Am liebsten hätte sie auch für ihren Computer und ihren Drucker Vorhängeschlösser gehabt, damit die Zwillinge nicht rankonnten. Neulich hatten sie doch glatt ein Papier aus dem Drucker genommen, ausgerechnet eine Seite aus ihrem geheimen Tagebuch. Und dann hatten Ben und Lukas ihren Eltern vorgelesen, dass sie in Michi verknallt war.

Hier haben Ben und Lukas mich unterbrochen. Die nerven mich so! Wo war ich stehen geblieben? Ach ja: Früher oder später werde ich merken, ob Michi in mich verliebt ist. Es könnte ja wirklich sein, oder?

Also wie finde ich das bloß heraus? Soll ich ihn einfach darauf ansprechen? Nein, lieber versinke ich in Grund und Boden. Ihm eine Nachricht schicken? Nicht so eine kurze, unpersönliche natürlich. Ich könnte irgendwas Nettes schreiben, ein bisschen was Romantisches vielleicht? Ja, das ist es! Aber ich darf nicht zu direkt sein, muss mehr zwischen den Zeilen schreiben, dass ich ihn mag. Okay, ich werde es versuchen. Nur heute nicht mehr. Die blöden Zwillinge haben den letzten Rest Romantik in mir zerstört!

Franzi kam nach der Tatortbesichtigung völlig durchgefroren zu Hause an. Auf dem Rad hatte sie gegen den eiskalten Wind und eklige Schneeschauer ankämpfen müssen. Dabei war ihr wieder Powerfrau aus dem Voice-Chat eingefallen. Heute konnte sie sie gut verstehen. Es gab Wintertage, da war es tatsächlich gemütlicher, daheim auf dem Sofa zu bleiben und Tee zu trinken!

Als Franzi um die Ecke bog und ihr Fahrrad in den Schuppen bringen wollte, hörte sie plötzlich merkwürdige, schmatzende Geräusche. Was war das denn? Neugierig drehte sie sich um – und sah ihren Bruder Stefan vor dem Schuppen knutschend mit einem blonden Mädchen.

»Äh, hallo …«, sagte Franzi. »Ich will euch ja nicht stören, aber ich wollte gerade mein Rad …«

Die zwei küssten sich weiter, ohne zu reagieren.

»Hallo!«, rief Franzi lauter. »Kann ich mal vorbei? Ihr steht direkt vor der Tür.«

Jetzt löste sich Stefan aus den Armen seiner neuen Freundin. »Was ist los?«

Franzi wiederholte grinsend ihre Frage.
Endlich kapierte er und schob seine Freundin zur Seite.
»Danke«, sagte Franzi.
Dann betrat sie kopfschüttelnd den Schuppen. Liebe machte wirklich blind! Erst Kim und jetzt auch noch Stefan. Ob sie sich auch irgendwann mal verlieben würde? Sie konnte es sich überhaupt nicht vorstellen. Es gab so viele tolle und spannende Dinge in ihrem Leben: ihre Freundinnen, die Treffen des Detektivclubs, den neuen Fall. Dann natürlich die schönen Ausritte mit Tinka oder dieses neue Skaterspiel. Wobei sie das Spiel eigentlich nur nebenher laufen ließ. Es war vor allem der Voice-Chat, der sie interessierte.
Als Franzi aus dem Schuppen kam, knutschte Stefan immer noch mit seiner Freundin. Franzi drückte sich grinsend an den beiden vorbei und ging ins Haus. Auf dem Weg in ihr Zimmer fiel ihr auf einmal siedend heiß Marie ein. Die war ja auch ein bisschen verliebt in Stefan, obwohl er viel zu alt für sie war. Wenn sie ihr jetzt erzählte, dass er eine Freundin hatte, würde sie bestimmt erst mal schlucken müssen. Sollte sie es überhaupt erzählen? Es würde ihr wahrscheinlich nichts anderes übrig bleiben, denn spätestens beim nächsten Besuch würde Marie es sowieso live mitkriegen. Franzi seufzte. Sie beschloss, Marie den Samstag erst später zu verderben und vorher eine Stunde gemütlich zu chatten.
Bei den Fans des Skaterspiels war einiges los im Sprach-Chat.

Powerfrau: Was habt ihr heute Abend so vor?

Springteufel: Ich geh auf eine Party, abtanzen, so wie mein Avatar gerade!

Apple: Mit euch reden, was sonst?

Groove: Ich weiß was Besseres. Es gibt eine tolle Doku über Inlineskater im Netz. Müsst ihr euch unbedingt ansehen.

Speedy: Hab keine Lust. Sagt mal, hat einer von euch was von Boba Fett gehört?

Powerfrau: Nein, wieso?

Groove: Stehst du auf ihn, was?

Speedy: Das würdest du gerne wissen, oder? Die letzten Wochen war Boba Fett immer hier. Und plötzlich, von heute auf morgen, Funkstille. Hat wirklich keiner was von ihm gehört? Es ist wichtig!!

Apple: Ich habe ihn hier noch nicht gesehen, aber ich spiele dieses Spiel auch noch nicht so lange.

Groove: Ist'n ganz cooler Typ, aber keine Ahnung, wo er steckt.

Speedy: Er kann sich doch nicht einfach in Luft auflösen. Ich suche schon seit Tagen nach ihm – auch in anderen Spielen mit Voice-Chats. Ich versteh das nicht. Wo ist er nur? Ich muss ihn unbedingt finden. Könnt ihr mir echt nicht helfen?

Powerfrau: Reg dich doch nicht gleich so auf. Spiel lieber!

Groove: Ja, genau, keep cool!

Franzi ärgerte sich. Hatte hier denn niemand Mitleid mit Speedy? Die schien echt verzweifelt zu sein. Und irgendwie kam ihr ihre Stimme bekannt vor.

Apple: Tut mir leid für dich, Speedy. Ich weiß zwar nicht, warum

Boba Fett nicht mehr hier ist, aber kann ich dir irgendwie anders helfen?

Speedy: Danke, Apple, lieb von dir. Du hast mir schon geholfen.

Apple: Kein Problem. Gerne jederzeit wieder.

Speedy: Ich komm auf dich zu.

Franzi lehnte sich zurück, übte ein paar Tricks mit ihrem Avatar und ließ die anderen weiterreden. Speedy tat ihr echt leid. Es musste schlimm sein, wenn man jemanden beim Gamen kennengelernt und sich angefreundet hatte und derjenige plötzlich verschwand. Das würde Franzi wahrscheinlich auch beunruhigen.

Das erinnerte sie wieder an Marie. Sie musste sie anrufen und ihr reinen Wein einschenken. Franzi loggte sich aus, holte ihr Handy, das noch in der Jackentasche im Flur steckte, und zog sich damit wieder in ihr Zimmer zurück.

Nach dem fünften Klingeln ging Marie endlich ran. »Hi … F…ranzi!«

»Wo kommst du denn gerade her?«

»Ich war in unserem Fitnessraum«, antwortete Marie.

Es musste toll sein, zu Hause einen eigenen Fitnessraum zu haben, dachte Franzi. »Lass uns bald mal gemeinsam trainieren«, schlug sie vor. »Das macht bestimmt Spaß.«

»Ja … gerne«, sagte Marie, die immer noch etwas außer Atem war.

»Sitzt du?«, fragte Franzi.

»Ja, warum?«, fragte Marie zurück.

Franzi holte tief Luft. »Gut. Ich muss dir nämlich was Unangenehmes erzählen.«

»Sag bloß, du willst nicht mehr bei unserem Club mitmachen! Ist dir etwa das Computerspiel wichtiger?«

»Quatsch!«, sagte Franzi. »Wie kommst du denn da drauf? Nein, es geht um Stefan.«

»Ist ihm was passiert?«, fragte Marie erschrocken. »Hatte er einen Unfall?«

»Nein«, sagte Franzi. »Jetzt lass mich doch mal ausreden! Stefan hat seit Neuestem eine Freundin.«

Schweigen in der Leitung.

Franzi hakte nach: »Hast du mich verstanden?«

»Ja.« Marie Stimme klang plötzlich heiser. »Bist du ... bist du dir wirklich sicher?«

»Hundertprozentig sicher«, sagte Franzi. »Ich hab ihn mit seiner Freundin gesehen. Sie standen vor dem Schuppen und haben sich heftig geküsst, also so richtig.«

»Stopp!«, rief Marie. »So genau will ich es gar nicht wissen.«

»Hey!«, sagte Franzi. »Das war doch absehbar. Er ist schon ein Jahr lang solo gewesen.«

»Stimmt, du hast recht.« Marie schwieg eine Weile. Dann meinte sie: »Ich will noch gar nicht wissen, wie sie heißt. Ich werde sie schon irgendwann kennenlernen.«

Franzi erklärte: »Ich weiß sowieso nichts über sie, aber ich schätze, sie ist siebzehn oder achtzehn.«

»Genau wie Stefan«, stellte Marie nüchtern fest. Ihre Stimme klang jetzt schon wieder viel besser.

»Weißt du, woran ich gerade denken muss?«, sagte Franzi.

»Nee, an was denn?«

»Ich stelle mir vor, wie sich Stefan vor seiner neuen Freundin irgendwann so zeigt, wie er wirklich ist.«

»Wie meinst du das?«

»Na ja, er futtert beim Filmschauen jede Menge Chips, ohne zu fragen, ob andere vielleicht auch was abhaben möchten. Und er schmiert sich die fettigen Finger an seinen Socken ab.«

Als Marie zu kichern anfing, war Franzi erleichtert und kicherte mit. Doch Marie wurde schnell wieder ernst.

Fieberhaft überlegte Franzi, wie sie Marie helfen könnte, auf andere Gedanken zu kommen.

»Hast du Lust, morgen mit mir ins Jugendzentrum zu gehen?«, schlug sie vor. »Wir könnten Sofie noch mal befragen. Vielleicht ist sie ja gesprächiger als beim letzten Mal und erinnert sich an ein Detail, das uns zu den Tätern führt.«

»Weiß nicht …« Marie dachte anscheinend doch noch an Stefan.

Franzi ließ nicht locker. »Bitte. Das wird dich ablenken.«

Marie zögerte. »Ehrlich gesagt, wär's mir lieber, wenn du mit Kim hingehst.«

»Wir sind aber zu dritt«, sagte Franzi. »Lass uns bitte nicht hängen.«

»Ich überleg's mir, okay? Mach's gut, ciao!« Damit legte Marie auf.

Franzi starrte auf das Display ihres Handys, bis es dunkel wurde. Die Neuigkeit mit Stefans Freundin konnte Marie anschei-

nend doch nicht so leicht wegstecken. Ihre Freundin brauchte eine kurze Auszeit, aber die Ermittlungen mussten weiterlaufen!
Schnell schickte Franzi eine Nachricht an Kim.

Hallo Kim!
Kommst du morgen mit ins Jugendzentrum, S. noch mal befragen? Um 15 Uhr?

Nach ein paar Sekunden kam die Antwort.

Kann leider nicht. Meine Mutter will unbedingt, dass wir zu einem Flohmarkt mitgehen, den sie organisiert hat. Sie sammelt mal wieder Spenden für Flüchtlinge. Könntest du das allein übernehmen? Ich ruf dafür übermorgen gleich Kommissar Peters an.

Schade. Okay, ja, mach ich. Bis Montag!

Zweiter Versuch

Franzis Laune war auf dem Tiefpunkt, als sie am nächsten Nachmittag ins Jugendzentrum kam. So hatte sie sich die Detektivinnenarbeit nicht vorgestellt: einsam und allein! Wie sollten die drei !!! denn bloß so ihren Fall lösen?

Ohne große Hoffnung sah sich Franzi um. Wetten, dass Sofie heute nicht da war? Das würde genau in ihre Misserfolgs-Serie passen. Doch im Café saß Sofie an derselben Stelle wie vor zwei Tagen. Franzi kam es vor, als hätte sie ihren Platz die ganze Zeit nicht verlassen und würde ununterbrochen spielen und chatten, ohne zwischendurch aufzustehen, nicht einmal um zu essen oder zu schlafen.

»Hallo, Sofie!«, sagte Franzi.

Sofie rührte sich nicht.

»Hallo!«, rief Franzi.

Langsam drehte Sofie den Kopf herum. Ihre Augen waren gerötet und ihr Gesicht sah schmal und blass aus.

»Geht's dir nicht gut?«, fragte Franzi. »Denkst du immer noch an den Einbruch?«

Sofie starrte Franzi mit großen Augen an. »Den Einbruch? Was? Ach so, ja, klar.«

Franzi nahm sich vor, Sofie Mut zu machen. Die Arme sah wirklich mitgenommen aus.

»Unser Detektivclub arbeitet weiter an dem Fall«, sagte Franzi. »Deine Mutter hat dir sicher erzählt, dass wir womöglich Fingerabdrücke der Einbrecher gefunden haben. Ist das nicht toll?«

Sofie nickte. »Ja, toll.«

»Wir finden die Täter«, sagte Franzi so hoffnungsvoll wie möglich. »Du kannst dich auf unseren Club verlassen.«

Sofie nickte wieder.

»Ist dir inzwischen noch etwas eingefallen?«, fragte Franzi.

»Nein«, sagte Sofie. »Sonst hätte ich dir geschrieben.«

Franzi war sich da nicht so sicher. Sofie hatte offensichtlich viel zu wenig geschlafen. Sie machte einen verwirrten Eindruck und konnte sich gar nicht richtig auf die Fragen konzentrieren. Franzi hatte den Verdacht, dass Sofie sie nur abwimmeln wollte, um wieder ihre Ruhe zu haben und weiterspielen zu können.

»Sofie«, sagte Franzi ruhig, »du kannst mit mir über alles reden. Was ist für dich das Schlimmste an dem Einbruch? Hast du Angst, dass die Täter noch mal in euer Haus kommen? Das ist sehr unwahrscheinlich, glaub mir.«

Sofie schwieg und schielte auf ihren Bildschirm.

»Was bedrückt dich dann?«, bohrte Franzi nach. »Fühlst du dich nicht mehr sicher daheim? Oder hat deine Mutter Angst?«

Sofie schüttelte den Kopf.

»Bitte rede mit mir!«, sagte Franzi. »Ich hör dir zu, und ich sag es auch keinem weiter, versprochen!«
Sofies Augen füllten sich mit Tränen. Und plötzlich sprudelten die Sätze nur so aus ihr heraus: »Es ist nicht der Einbruch, deshalb hab ich keine Angst. Nein, es ist viel schlimmer: Ich hab jemanden verloren, einen Freund. Ich hab ihn beim Chatten kennengelernt. Wir haben uns so gut verstanden, haben im Sprach-Chat gequatscht und uns im Text-Chat auch privat geschrieben, jeden Tag, fast jede Stunde. Und jetzt ist er auf einmal weg!«
»Wie, weg?«, fragte Franzi.
»Er meldet sich nicht mehr«, sagte Sofie. »Und keiner weiß etwas von ihm.«
Franzi stutzte. Das Ganze kam ihr total bekannt vor. »War dein Freund in dem Skater-Spiel?«
»Ja«, sagte Sofie. »Erst haben wir viel übers Skaten gequatscht, uns gegenseitig coole Gaming-Tricks verraten, aber bald auch über alles Mögliche geredet. Er war so witzig und nett und ... er hat mich nach meiner Telefonnummer gefragt. Wir haben auch viel telefoniert und ...«
»... und du hast dich in ihn verliebt«, beendete Franzi den Satz für sie.
Sofie wurde rot. »Ja, stimmt.«
»Benutzt dein Freund zufällig den Nickname Boba Fett?«, fragte Franzi.
Sofie riss die Augen auf. »Woher weißt du das?«
»Ich kenne ihn selber gar nicht«, sagte Franzi. »Aber als ich

gestern im Chat war, da hat ein Mädchen mit dem Nickname Speedy alle Leute nach Boba Fett gefragt. Sie hat mir so leidgetan. Sie hörte sich genauso verzweifelt an wie du. Und, ehrlich gesagt, ihre Stimme klang ganz genau wie deine Stimme.«

Sofie verzog den Mund zu einem schiefen Grinsen. »Ich war das. Ich *bin* Speedy.«

»Nein!« Jetzt war Franzi platt. Das hätte sie wirklich früher merken können. »Und ich bin *Apple*. Erinnerst du dich an mich?«

»Klar«, sagte Sofie. »Aber ich hätte deine Stimme nicht erkannt. Du warst die Einzige, die sich um mich gekümmert hat. Danke noch mal dafür.«

Franzi winkte ab. »Keine Ursache. Aber das heißt, du hast Boba Fett immer noch nicht gefunden?«

»Nein«, sagte Sofie. »Er ist und bleibt verschwunden. Dass er ein anderes Computerspiel lieber mag und in einem anderen Voice-Chat unterwegs ist, könnte ich ja noch verstehen, aber dass er sich gar nicht mehr bei mir meldet, begreife ich einfach nicht. Das passt gar nicht zu ihm.«

Franzi dachte nach. »Hast du ihn schon angerufen?«

Sofie stöhnte. »Ich rufe ihn ständig an, hab seine Mailbox schon total vollgequatscht. Er hat sein Handy nie an und meine Nachrichten beantwortet er auch nicht.«

»Merkwürdig«, sagte Franzi. »Vielleicht ist er ja verreist?«

Sofie schüttelte den Kopf. »Er arbeitet doch hier in der Stadt und hat erst an Weihnachten Urlaub. Nein, Anton muss da sein.«

»Boba Fett heißt Anton?«, fragte Franzi zur Sicherheit nach.
»Ja«, sagte Sofie. »Wir haben uns schon bald unsere richtigen Namen verraten, gleich bei der ersten LAN-Party.«
Franzi sah Sofie verblüfft an. »Du kennst Anton persönlich?«
»Klar«, sagte Sofie. »Die Betreiber des Skaterspiels veranstalten regelmäßig LAN-Partys in verschiedenen Städten.«
Franzi nickte. Sie hatte von diesen Treffen schon gehört. Mal fanden sie privat statt, mal öffentlich in extra gemieteten Räumen. Jeder brachte seinen eigenen Laptop mit und dann spielten die Teilnehmer gegeneinander. Franzi glaubte auch sich zu erinnern, dass im Jugendzentrum bald eine stattfinden sollte, das Datum stand aber noch nicht fest.
Sofie erzählte weiter: »Die LAN-Party war hier in unserer Stadt, allerdings ziemlich weit außerhalb in einem Industriegebiet. Ich bin extra bis ans andere Ende der Stadt gefahren, um Anton zu sehen.«
»Und?«, fragte Franzi. »Wie war's?«
Sofie wurde schon wieder rot. »Toll. Er war unglaublich süß und wollte alles von mir wissen: meine Lieblingsfarbe, mein Lieblingsessen, meine Hobbys und das Erste, an das ich mich erinnern kann. Ich hab ihm von dem Tag im Kindergarten erzählt, als ich …«
»Verstehe«, unterbrach Franzi Sofie, bevor sie noch mehr abschweifte. »Hast du Anton nur einmal getroffen?«
»Nein«, sagte Sofie. »Wir waren auch noch zweimal im Café.«
»War er da auch so … süß?«
»Und wie«, sagte Sofie.

»Wann hast du ihn das letzte Mal gesehen?«, fragte Franzi.
»Vor fünf Tagen«, antwortete Sofie. »Seitdem ist Anton verschwunden, und seitdem kann ich weder schlafen noch essen.«
Plötzlich fiel Franzi etwas ein. »Wenn du dir Sorgen machst, besuch ihn doch einfach zu Hause!«
»Das würde ich ja gern«, sagte Sofie, »wenn ich seine Adresse hätte. Ich weiß zwar, dass er in der Nähe unserer Stadt wohnt, aber seine Adresse hat er mir nicht gegeben.«
»Das ist ja doof«, sagte Franzi. »Du kannst also nichts tun?«
Sofie schluckte. »Absolut gar nichts, nur warten. Und immer wieder im Voice-Chat nachfragen.«
Franzi musste grinsen. »Groove zieht dich bestimmt schon auf, oder?«
»Und wie!«, sagte Sofie. »Dauernd bedrängt er mich, ich soll endlich zugeben, dass ich auf Boba Fett stehe. Natürlich ist er der Letzte, dem ich das auf die Nase binden würde. Du darfst es auch nicht verraten, bitte!«
»Du kannst dich auf mich verlassen«, sagte Franzi. »Das, was wir heute besprochen haben, erfahren nur die beiden anderen vom Detektivclub, sonst niemand.«
»Danke«, sagte Sofie und drehte sich wieder ein Stückchen zu ihrem Computer um.
»Du willst weiterspielen, oder?«, fragte Franzi.
Sofie nickte. »Wenn du nichts dagegen hast …«
»Natürlich nicht«, sagte Franzi. »Viel Glück! Nur eine Bitte hab ich noch: Denk über den Einbruch nach. Vielleicht fällt dir ja doch noch etwas Wichtiges ein.«

Sofie lächelte. »Du kannst dich auch auf mich verlassen.«
»Okay«, sagte Franzi und diesmal glaubte sie ihr.
Als Franzi wieder auf der Straße stand, hatte sich ihre Laune merklich gebessert. Sie hatte zwar nichts Neues über den Fall herausgefunden, aber dafür hatte sie Sofie aus der Reserve gelockt und auf ihre Seite gebracht. Auf eine mögliche Zeugin zurückgreifen zu können, das war doch schon mal was!

Am Montag in der dritten Schulstunde rutschte Franzi auf ihrem Stuhl herum und sah ständig auf die Uhr. Die Zeiger schlichen heute aber auch extrem langsam voran. Nach einer halben Ewigkeit läutete endlich die Pausenglocke. Franzi sprang wie der Blitz auf und hechtete zur Tür. Dann rannte sie durch die Flure zum Pausenhof. Ganz hinten bei der Treppe wartete Kim bereits auf sie. Sie hatten sich heute Morgen Handynachrichten geschrieben.
»Und?«, fragte Franzi atemlos. »Gibt es was Neues?«
»Ich hab Kommissar Peters erreicht«, sagte Kim.
Franzi verdrehte die Augen. »Mach es doch nicht so spannend. Was hat er gesagt? Wie sind die Ergebnisse aus dem Labor?«
»Welche Nachricht willst du zuerst hören?«, fragte Kim zurück. »Die gute oder die schlechte?«
Franzi stöhnte. »Die gute. Aber jetzt rede endlich!«
»Also«, sagte Kim, »die gute Nachricht ist: Wir haben die Fingerabdrücke auf dem Feuerzeug so gut gesichert wie die Profis, sagt Kommissar Peters. Alles bestens.«
»Puh«, rief Franzi. »Das ist noch mal gut gegangen!«

Kim nickte. »Ja, Kommissar Peters hat aber betont, dass er unsere Vorgehensweise nicht gutheißen kann. Wir sollen so einen Alleingang nicht noch mal unternehmen. Er hat dabei sehr wütend geklungen. Aber zum Schluss musste er doch lachen und hat irgendwas von ›diese Nachwuchsdetektivinnen‹ gemurmelt. Er lässt dich und Marie herzlich grüßen.«
»Danke, danke«, sagte Franzi ungeduldig. »Und zu wem gehören die Fingerabdrücke nun?«
»Das ist die schlechte Nachricht«, sagte Kim. »Kommissar Peters hat die eingescannten Abdrücke der verdächtigen Person mit seiner Computerdatei verglichen. In der Datei sind alle Leute aus ganz Europa, die bereits vorbestraft sind oder früher im Gefängnis saßen, mit ihren Fingerabdrücken verzeichnet. Leider hat er keine Übereinstimmung gefunden.«
»Mist!«, rief Franzi.
»Ja, dumm gelaufen«, sagte Kim. »Es wäre auch zu schön gewesen. Dann hätten wir unseren Fall sehr schnell gelöst und der oder die Vorbestrafte säße jetzt schon hinter Gittern. Leider wissen wir gar nichts über den Täter oder die Täterin.«
Franzi griff nach Kims Hand. »Doch! Die Person ist nicht aus Europa oder eben noch nicht vorbestraft oder beides.«
Kim runzelte die Stirn. »Hm, wahrscheinlich hast du recht. Trotzdem hilft uns das nicht wirklich weiter.«
»Ja, stimmt«, räumte Franzi ein. »Ach, übrigens, wie war's denn auf dem Flohmarkt?«
»Hör bloß auf damit«, sagte Kim. »Meine Mutter nervt mich zurzeit total.«

»Warum das denn?«, fragte Franzi. »Hat sie wieder Angst, weil du so gefährliche Dinge als Detektivin machst?«
Kim schüttelte den Kopf. »Nein, sie spielt verrückt, nur weil ich in der letzten Englischarbeit eine Drei geschrieben habe.«
»Na und?«, wunderte sich Franzi. »Ich schreibe ständig Dreier. Meine Eltern sind immer froh, wenn es keine Vier ist.«
»Ich schreibe normalerweise nur Einsen oder Zweien«, sagte Kim. »Deshalb regt sich meine Mutter ja so auf. Ich versteh echt nicht, warum. Ich hatte eben in letzter Zeit ein bisschen viel zu tun mit unserem Club.«
Franzi grinste. »Das hast du ihr aber nicht auf die Nase gebunden, oder?«
»Natürlich nicht«, sagte Kim. »Ich hab ihr erzählt, dass die letzte Englischarbeit besonders schwer gewesen ist und dass viele Dreien bekommen haben. Das hat sie mir zwar geglaubt, aber trotzdem schaut sie jetzt dauernd in mein Zimmer rein und kontrolliert, ob ich auch ja fleißig lerne.«
»Schrecklich!«, rief Franzi. »Aber die kriegt sich bestimmt bald wieder ein – spätestens, wenn sie wieder in der Schule total viel zu tun hat.«
Kim seufzte. »Hoffentlich hast du recht. Aber zurück zu unserem Fall. Was machen wir denn jetzt? Wie war übrigens dein Gespräch gestern mit Sofie?«
»Nichts Neues«, sagte Franzi, »zumindest nicht, was unseren Fall betrifft. Aber ich habe ein bisschen mehr über sie herausgefunden und sie war viel offener.« Dann berichtete sie kurz, was sie über Sofie erfahren hatte.

»Die Ärmste!«, sagte Kim.
»Tja«, meinte Franzi. »Sofie ist leider nicht die Einzige mit Liebeskummer zurzeit. Marie hat es auch erwischt.«
»Ich weiß«, sagte Kim. »Sie hat mich gestern Abend angerufen. Ich hab versucht, sie aufzuheitern, aber da war nichts zu machen. Ich glaube, sie hat mir gar nicht richtig zugehört.«
Franzi biss sich auf die Lippe. »Es nimmt sie ganz schön mit. Wir müssen sie irgendwie rausholen aus ihrem Stimmungstief. Sie muss auf andere Gedanken kommen. Außerdem brauchen wir sie für unseren Fall, gerade jetzt, wo wir so in der Luft hängen.«
»Ja genau«, sagte Kim. »Wir werden sie ein bisschen ablenken. Ich hab auch schon eine Idee, wie.«
»Schieß los!«, sagte Franzi.
Kim strahlte triumphierend. »Wir könnten sie losschicken in alle Antiquitätenläden der Stadt, die Tafelsilber und alten Schmuck ankaufen. Sie soll sich als vornehme Kundin verkleiden und fragen, ob jemand diese Dinge angeboten hat.«
»Geniale Idee!«, sagte Franzi. »Sie ist echt super bei solchen Sachen. Die Leute glauben ihr sofort. Wir sollten uns aber vorher von Frau Tonde eine Liste geben lassen mit den genauen Angaben zu dem Schmuck, dem Tafelsilber und den Münzen.«
»Kein Problem«, sagte Kim. »Ich ruf sie an.«
»Dann wäre das ja schon mal geklärt«, sagte Franzi.

Han Solo

Marie war nicht wiederzuerkennen. Franzi musste zweimal hinsehen, bis es sie es tatsächlich glaubte: Ihre Freundin sah viel älter aus, man konnte sie jetzt locker für mindestens achtzehn halten. Sie hatte ihre blonden Haare toupiert und zu einer aufwendigen Frisur hochgesteckt. Sie trug Stiefel mit hohen Absätzen, einen Mantel mit dunkelblauem Samtbesatz aus dem Kostümfundus des Fernsehsenders, bei dem ihr Vater arbeitete, und eine Handtasche mit glitzernden Perlen. Dazu hatte sie jede Menge Make-up aufgetragen und ihre Lider mit rauchigem Lidschatten betont. Außerdem umgab sie der Duft eines teuren Parfums.

Jetzt stand sie vor dem Schaufenster des teuersten Antiquitätenladens in der Innenstadt und sah sich dabei kurz unauffällig um.

Franzi und Kim nickten ihr mit einer kaum merklichen Bewegung zu. Dann schlenderten sie weiter auf dem Gehsteig auf und ab, in ein lebhaftes Gespräch vertieft wie zwei Freundinnen, die sich lange nicht gesehen hatten. In Wirklichkeit hielten sie Augen und Ohren offen und beobachteten die Passanten ganz genau. Schließlich wollten sie dafür sorgen, dass Marie ungestört mit dem Verkäufer oder der Verkäuferin reden konnte.

Jetzt wurde es ernst: Marie betrat den Laden. Franzi und Kim warteten ein paar Sekunden, dann folgten sie ihrer Freundin. Sie war bereits im angeregten Gespräch mit der Verkäuferin, einer Dame in einem schwarzen Kostüm.

»Was ich suche?«, sagte Marie mit einer langsamen, gezierten Stimme. »Ich habe da sehr genaue Vorstellungen, müssen Sie wissen. Für mich ist Schmuck nämlich nicht einfach Schmuck.«

Die Verkäuferin lächelte. »Sie haben ja so recht ... Sucht ihr etwas Bestimmtes?«, fragte sie plötzlich und drehte sich misstrauisch zu Franzi und Kim um.

»Nein«, sagte Kim höflich. »Wir sehen uns nur ein bisschen um.«

»Wir wollen unserem Vater etwas zum Geburtstag schenken, aber wir wissen noch nicht genau, was«, ergänzte Franzi.

Die Verkäuferin war beruhigt. »Gut. Wenn ihr Fragen habt, kommt einfach auf mich zu.«

»Vielen Dank«, sagte Kim.

Endlich wandte sich die Verkäuferin wieder an Marie. »Entschuldigen Sie bitte! Jetzt bin ich ganz für Sie da. Haben Sie an eine bestimmte Art von Schmuck gedacht?«

Marie überlegte eine Weile, obwohl sie genau wusste, was sie sagen wollte. »Nun ja ... ich liebe vor allem Schmuck aus den Zwanzigerjahren. Können Sie mir da etwas zeigen?«

Die Verkäuferin ging zu einer Glasvitrine. »Selbstverständlich. Hier hätte ich zum Beispiel einen wunderschönen Opalring für Sie: 750er Gelbgold, mit vier sehr gut erhaltenen Opalen.«
Marie zog eine Augenbraue hoch. »Ganz nett. Aber ich schwärme eher für kleine Kunstwerke aus Emaille: Broschen oder Medaillons. Da gibt es ganz einzigartige Rosenmuster aus der Jugendstilzeit, zum Beispiel aus Ostpreußen.«
»Stimmt«, sagte die Verkäuferin. »Sie kennen sich aber gut aus.«
»Kleines Hobby von mir«, winkte Marie bescheiden ab.
»Das tut mir sehr leid«, sagte die Verkäuferin. »Emailleschmuck habe ich bedauerlicherweise gerade nicht da.«
Marie verzog die Mundwinkel. »Schade, schade. Und wie sieht es mit einer Garnitur aus? Mir schwebt da ein Armband mit passendem Collier vor, vielleicht etwas aus Weißgold mit hellgrünen Smaragden und violetten Saphiren.«
Franzi war total stolz auf Marie. Unfassbar, wie exakt sich Marie die Details der Liste von Frau Tonde eingeprägt hatte und wie sie alles so geschickt in gewählte Sätze verpackte! In ihr steckte wirklich eine tolle Schauspielerin!
»Leider kann ich Ihnen auch da im Moment nichts anbieten«, sagte die Verkäuferin. »Seltsam übrigens, dass Sie danach fragen. Heute Morgen hätte ich nämlich beinahe etwas Schönes hereinbekommen, genau so eine Garnitur und auch einige Emaillebroschen aus Ostpreußen, aber ...«
»Aber?«, hakte Marie sofort nach. »War der Schmuck beschädigt?«

Die Verkäuferin schüttelte den Kopf. »Nein, nein, er war sogar in ausgezeichnetem Zustand, nur hat der Herr sein Angebot im letzten Augenblick doch noch zurückgezogen.«

Franzi stupste Kim an. Volltreffer gleich im ersten Antiquitätenladen! Damit hatten sie nicht gerechnet.

»Wissen Sie, warum?«, fragte Marie.

»Keine Ahnung«, sagte die Verkäuferin. »Es war so ein netter junger Mann, ich kann mir das auch nicht erklären. Er hat mir erzählt, der Schmuck sei von seiner geliebten Großmutter und er selber könne nichts damit anfangen, weil er Single sei. Tja, vielleicht konnte er sich vom Erbe seiner Großmutter einfach nicht trennen.«

Marie nickte. »Kann ich verstehen. Familienschmuck würde ich auch niemals verkaufen. Wie sah der Mann denn aus? Ich bin nämlich auch Single ...« Sie räusperte sich und lächelte verlegen.

Kim gluckste, biss sich in den Handrücken und beugte sich tief über eine Vitrine, damit die Verkäuferin ihren Lachanfall nicht mitbekam. Marie konnte ganz schön unverfroren sein, wenn es darum ging, an Informationen zu kommen. Dafür bewunderte sie ihre Freundin.

Die Verkäuferin lächelte Marie an. »Oh, es war ein sehr attraktiver Mann: groß, schlank, mit braunen, schulterlangen Locken und leicht gebräunt. Ich würde Ihnen ja gerne seine Telefonnummer verraten, aber er hat mir keine Visitenkarte gegeben.«

»Schade«, sagte Marie. »Tja, da kann man nichts machen. Trotzdem vielen Dank, auch für die nette Beratung.«

»Gern geschehen«, sagte die Verkäuferin. »Kommen Sie bald mal wieder.«

Marie schlug den Samtkragen ihres Mantels hoch. »Das werde ich bestimmt. Auf Wiedersehen!«

»Na«, fragte die Verkäuferin Franzi und Kim. »Habt ihr etwas gefunden?«

»Leider nicht«, sagte Franzi und ging mit Kim schnell zur Tür. »Tschüss!«

Kopfschüttelnd sah die Verkäuferin ihnen nach.

Draußen auf der Straße rannten Franzi und Kim Marie hinterher. Im Schillerpark holten sie sie ein.

»Du warst super!«, rief Kim.

»Das hätte man echt filmen müssen«, sagte Franzi. »Dein Vater wäre sicher total stolz auf dich.«

Marie lächelte geschmeichelt. »Findet ihr? Ja, ich glaube, ich hab die Verkäuferin ganz gut eingewickelt.«

»Jetzt haben wir eine Personenbeschreibung von einem der Täter«, sagte Kim und holte ihr Detektivtagebuch heraus. »Die muss ich mir sofort aufschreiben: groß, schlank, braune, schulterlange Locken und leicht gebräunt.«

Franzi klopfte Marie auf die Schulter. »Wir sind einen großen Schritt weitergekommen und das haben wir nur dir zu verdanken. Toll, dass du das gemacht hast, obwohl es dir nicht so gut geht.«

Das hätte sie lieber nicht sagen sollen, denn jetzt flog ein Schatten über Maries Gesicht. »Ich weiß, dass es doof ist, aber ich muss dauernd an Stefan und seine neue Freundin denken.«

»Das tut mir leid«, sagte Franzi mitfühlend.
Marie versuchte wieder zu lächeln. »Danke, lieb von dir.«
Kim legte den Arm um Marie. »Komm, lass uns noch ein bisschen zu dir gehen. Wir könnten uns einen Film ansehen. Wie wär's denn mit ein paar Folgen der *Vorstadtwache*?«
Marie schüttelte den Kopf. »Nein, heute nicht. Ich glaube, ich gehe einfach mal früher ins Bett.«
Kim warf Franzi einen besorgten Blick zu. »Na gut, wie du meinst.«
»Schlaf dich aus«, sagte Franzi.
»Danke, so schön, dass es euch gibt!« Marie winkte zum Abschied und lief los.
Kim sah ihrer Freundin lange nach. »Ich komme mir so hilflos vor. Ich würde ihr ja so gern helfen, aber ich weiß nicht, wie.«
»Ich fürchte, wir können auch nicht so viel tun«, sagte Franzi, »sondern sie höchstens ablenken und einfach für sie da sein. Durch den Liebeskummer muss sie ganz alleine durch.«
»Wahrscheinlich hast du recht«, sagte Kim. »Und was ist mit dir? Unternehmen wir noch was zusammen? Wir könnten ins Kino gehen.«
Franzi lehnte ab. »Sorry, ich muss dringend nach Hause.«
»Zum Gamen?«, wollte Kim wissen.
»Erraten«, gab Franzi zu. »Das Spiel ist mir gar nicht so wichtig, aber der Voice-Chat ist echt toll. Lauter sportbegeisterte Leute. Einer heißt Han Solo. Wir haben letzte Woche das erste Mal zusammen im Chat geredet, und trotzdem hab ich das Gefühl, ich kenne ihn schon ewig.«

Kim runzelte die Stirn. »Pass bloß auf, dass du nicht auch süchtig danach wirst wie Sofie. Wir brauchen dich noch für unseren Detektivclub.«
»Keine Sorge«, sagte Franzi. »Also dann, ciao!«
»Ciao, bis morgen«, sagte Kim.
Franzi umarmte ihre Freundin kurz und dann beeilte sie sich, nach Hause zu kommen.
Dort setzte sie sich sofort vor den Laptop. Ihre Hände zitterten vor Aufregung und ihr Herz klopfte schneller. Ob Han Solo wieder online war? Sie konnte es kaum erwarten, mit ihm zu quatschen. Was sie Kim vorhin nicht erzählt hatte, war, dass sie Han Solo ziemlich süß fand, sehr, sehr süß sogar ...
Sie hatte Glück, Han Solo war online und war gerade im Text-Chat unterwegs.

Han Solo: Weiß jemand, wo das nächste große Skater-Event stattfindet?
Powerfrau: Ich hab mal was gelesen, kann mich aber leider nicht mehr erinnern. Ups! Den Spin muss ich noch mal machen.
Groove: Ich hasse diese kommerziellen Events!

Schnell schaltete sich Franzi ein.

Apple: Ich kann dir weiterhelfen. Das nächste Skater-Event ist in Stuttgart. Die ziehen eine richtig große Show ab mit Wettbewerben, Gewinnspielen, Skate by Night und Stunts von berühmten Skatern.

Han Solo: Danke, Apple! Das klingt total gut. Wenn Stuttgart nur nicht so weit weg wäre.

Groove: Geduld, Mann! Es gibt doch demnächst eine LAN-Party, die sind auch cool.

Apple: Ich leiste dir gern Gesellschaft beim Warten.

Han Solo: Lieb von dir. Mit dir ist selbst die ödeste Wartezeit bestimmt superlustig und aufregend.

Powerfrau: Sülz!!!

Groove: Hey, wollt ihr euch gleich hier im Netz abknutschen oder doch lieber noch warten? Es gibt hier Leute, die möchten ernsthaft spielen und Bonuspunkte sammeln.

Han Solo: Das hör ich mir nicht länger an. Was hältst du davon, privat zu chatten?

Apple: Gute Idee. Unter demselben Nickname?

Han Solo: Yes!

Franzi schlug einen Chatroom vor, den Han Solo auch kannte.

Han Solo: Dann bis gleich. Ich warte auf dich.

Apple: Bis gleich.

Groove: Ciao, Leute! Mir wird es hier zu romantisch.

Franzi reagierte nicht mehr darauf. Mit zitternden Fingern wechselte sie in den Privatchat. Han Solo war schon da. Er startete den Text-Chat, was Franzi sehr recht war. Schreiben war nicht so direkt wie miteinander sprechen und man konnte besser überlegen, worüber man sich austauschen wollte.

Han Solo: Endlich sind wir ungestört, das war ja nicht zum Aushalten.
Apple: Ja, endlich!
Han Solo: Erzähl doch ein bisschen mehr von dir. Was machst du sonst, wenn du gerade nicht skatest?
Apple: Ich reite und hab ein eigenes Pony. Es heißt Tinka.
Han Solo: Das gibt's nicht. Ich reite auch!
Apple: Wie heißt dein Pony? Oder hast du ein Pferd?
Han Solo: Leider weder noch. Ein Pferd kann ich mir nicht leisten. Ich reite in der Reitschule in der Oststadt.
Apple: Echt? Die kenn ich noch von früher. Da war ich auch!
Han Solo: Das kann alles kein Zufall sein. Ich hab das starke Gefühl, wir sind Seelenverwandte. Oder wir haben uns in einem anderen Leben schon einmal getroffen. Vielleicht waren wir dort ja verheiratet?

Franzi zuckte zurück, als hätte sie sich die Finger an der Tastatur verbrannt. Flirtete Han Solo etwa mit ihr?

Apple: Verheiratet? Glaub ich nicht. Jetzt will ich mal was von dir wissen. Was treibst du in deiner Freizeit?
Han Solo: Ich warte täglich 86 400 Sekunden darauf, mit dir zu chatten.
Apple: Sind 86 400 Sekunden 24 Stunden?
Han Solo: Erraten! Hab ich mir mal ausgerechnet, als mir langweilig war. Aber reden wir lieber wieder von dir. Hast du Geschwister, Freunde?

Apple: Ja, ich hab eine große Schwester und einen großen Bruder. Chrissie nervt allerdings ständig. Stefan ist ganz okay. Freundinnen habe ich auch. Sie heißen Kim und Marie. Wir haben zusammen einen …

Im letzten Moment zögerte sie. Sollte sie verraten, dass sie in einem Detektivclub war? Nein, lieber nicht. Sie löschte den letzten Satz und schrieb stattdessen:

Apple: Wir verstehen uns total gut und telefonieren oder schreiben uns dauernd, obwohl wir uns sowieso jeden Tag sehen.
Han Solo: Ich würde auch mal gern richtig lange mit dir telefonieren. Ich mag deine Stimme, da kann ich gar nicht genug davon bekommen.
Apple: Äh, also ich mag den Text-Chat total gern und wir hören uns doch im Skater-Spiel über den Sprach-Chat.
Han Solo: Klar, aber verrätst du mir trotzdem deine Telefonnummer? Ich behalte sie auch für mich und gebe sie nicht an Groove weiter.
Apple: Sehr witzig!

Franzi fing an zu schwitzen. Das ging ihr jetzt viel zu schnell! Sollte sie ihm wirklich ihre Telefonnummer verraten? Im Netz durfte man niemals seinen Klarnamen nennen oder seine Nummer weitergeben, das wusste Franzi ganz genau.

Han Solo: Bist du noch da?

Apple: Natürlich. Du, ich muss leider aufhören. Chrissie kommt gerade rein und nervt. 😑

Han Solo: Schade, schade! Treffen wir uns morgen Abend wieder im Game? So gegen 18 Uhr?

Apple: Mal sehen.

Han Solo: Ich bin auf jeden Fall da. Würde mich total freuen, dich wieder im Voice-Chat zu hören. Ciao!

Apple: Ciao!

Franzi loggte sich aus und fuhr den Laptop herunter. Das mit Chrissie war natürlich eine Lüge gewesen, eine kleine Notlüge. Irgendwie ging ihr das alles ein bisschen zu schnell. Obwohl Han Solo wirklich süß war!

Moment mal, hatte sie sich etwa verknallt? Nein, sie fand ihn einfach nur nett, sehr nett ... Und sie mochte seine Stimme. Die war echt schön.

Da klingelte im Flur das Telefon. Sofort stürzte Chrissie aus ihrem Zimmer. »Bist du's, Bernd? Ruf mich doch lieber am Handy an. Wie bitte? Ach so ... Ja, die ist da. Ich hol sie.«

Eine Sekunde lang glaubte Franzi, Han Solo könnte am Telefon sein, bis ihr bewusst wurde, dass er ihre Festnetznummer ja gar nicht kannte.

Chrissie hämmerte gegen die Tür. »Telefon für dich!«

Franzi nahm Chrissie das Telefon aus der Hand. »Hallo?«

»Ich bin's, Kim. Ich hab dich auf dem Handy nicht erreicht.«

Franzi seufzte. »Mein Akku ist leer. Hab vergessen, ihn rechtzeitig aufzuladen. Was gibt's?«

»Kann ich dir mal was vorlesen?«

Franzi warf sich in ihren Sessel. »Klar, schieß los. Ich bin schon total gespannt auf deinen Krimi.«

»Es ist nicht mein Krimi«, sagte Kim und schwieg danach.

»Was ist es dann?«, fragte Franzi neugierig. »Rück schon raus damit.«

»Du darfst es aber keinem weitererzählen«, sagte Kim. »Nicht mal Marie.«

Franzi richtete sich auf. Das klang ja spannend. »Ehrenwort!«

»Also gut«, sagte Kim und holte tief Luft. »Ich habe Michi nämlich eine Nachricht geschrieben. Ich will ihm sagen, dass ich ihn mag. Weil ... weil ... vielleicht weiß er das ja nicht.«

Franzi musste grinsen. »Kann ich mir zwar nicht vorstellen, aber du hast recht, das ist eine gute Idee.«

»Ja, genau«, sagte Kim. »Also, hör zu und sag mir, wie du die Nachricht findest.«

Mit heiserer Stimme las sie vor:

»Lieber Michi!

Ich wollte mich noch mal bei dir bedanken, dass du uns beim Sichern der Fingerabdrücke geholfen hast. Bitte mach dir keinen Kopf wegen des Feuerzeugs. Wir waren alle so aufgeregt am Tatort. So was hätte mir auch passieren können. Und zum Glück hat Franzi ja sofort reagiert. Ich finde, wir waren ein super Team bei Frau Tonde!

An der Stelle wollte ich dir auch noch sagen, dass ich echt froh bin, dass es dich gibt. Du bist immer da, wenn ich dich brauche,

und ich fühl mich total wohl, wenn du da bist. Ich freu mich schon, wenn wir uns wiedersehen. Über unseren Fall halte ich dich natürlich auf dem Laufenden.
Bis bald, Kim!«

»Und, wie findest du es?«, fragte Kim.
»Hm«, machte Franzi. »Ich glaube, dir hätte so ein Fehler nicht passieren können. Auch wenn du total aufgeregt bist, behältst du immer einen klaren Kopf.«
Kim wurde etwas ungeduldig. »Ja, wahrscheinlich, aber darum geht es doch jetzt gar nicht. Wie findest du die Worte, die meine Gefühle für ihn betreffen? Sind sie deutlich?«
»Ich finde schon«, sagte Franzi. »Bei mir würden sämtliche Glocken klingeln.«
»Was?«, rief Kim. »So eindeutig sind meine Worte? Heißt das, ich werfe mich ihm an den Hals?«
Franzi stöhnte. »Quatsch! Du bist offen, aber nicht zu offen. Er wird sich sicher über die Nachricht freuen.«
»Meinst du wirklich?«, fragte Kim.
»Ja«, sagte Franzi geduldig. Aus eigener Erfahrung wusste sie, wie gut es tat, bestärkt zu werden, wenn man sich unsicher fühlte.
»Soll ich die Nachricht so abschicken?«, fragte Kim weiter.
»Nein«, sagte Franzi. »Ich würde noch ein Jahr lang daran feilen und sie noch tausend Freundinnen zeigen, nur zur Sicherheit.«
Kim lachte. »Okay, okay, hab schon verstanden. Danke dir!

Du hast mir echt geholfen. Wie geht's dir eigentlich? Hab ich dich beim Gamen gestört?«

»Nein«, sagte Franzi. »Hab gerade aufgehört.«

Beim Gedanken an Han Solo schoss ihr die Röte ins Gesicht. Wie gut, dass Kim sie nicht sehen konnte!

»Hast du diesen Han Sola wieder getroffen?«, fragte Kim.

»Er heißt Han Solo«, verbesserte Franzi. »Ja, ich hab ihn wieder im Voice-Chat getroffen. Und wir haben danach in einem Text-Chat privat geschrieben. War total nett. Am Schluss wollte er sogar meine Telefonnummer haben.«

»Du hast sie ihm doch nicht etwa gegeben?«

»Nein«, sagte Franzi, »aber ich überlege hin und her, ob ich sie ihm vielleicht morgen geben sollte. Normalerweise mache ich so was nie ... «

»Tu das bloß nicht!«, rief Kim.

Franzi bereute es fast schon wieder, dass sie ihr von Han Solo erzählt hatte. Kim machte ein zu großes Ding daraus.

»Und warum nicht?«, fragte sie. »Bist du eifersüchtig? Denkst du, ich kümmere mich nicht genug um den Club?«

»Ich bin nicht eifersüchtig«, protestierte Kim. »Ich hab nur neulich einen Artikel über Gefahren beim Chatten gelesen. Gerade in Chats tummeln sich jede Menge Verbrecher. Die locken aus den Leuten die Telefonnummern und Privatadressen heraus und dann betreiben sie damit Missbrauch und ...«

»Jetzt mach aber halblang«, sagte Franzi. »Erstens hab ich Han Solo noch nicht meine Telefonnummer gegeben und zweitens würde ich ihm natürlich meine Adresse nie verraten.«

Kim lachte kurz auf. »Das will ich auch hoffen. Diese Chats sind deshalb so gefährlich, weil du nie wissen kannst, wer hinter deinen Chatpartnern steckt. Manche geben sich extra als Jugendliche aus, um möglichst harmlos zu wirken. Dabei sind sie in Wirklichkeit Erwachsene …«

»Ich weiß das alles, aber ich bin mir sicher, dass Han Solo nicht so ist«, sagte Franzi ein wenig trotzig, obwohl ihr sonnenklar war, dass Kim recht hatte und sie schützen wollte. Und seine Stimme klang jung, aber schon eher erwachsen, das musste sie zugeben.

Kim seufzte. »Also ich hätte da so meine Zweifel, aber ich hoffe natürlich, dass Han Solo einfach ein ganz normaler netter Junge ist. Und ich wollte dich bloß warnen. Man kann im Netz nicht vorsichtig genug sein. Das solltest gerade du als Detektivin nie vergessen.«

»Ist das Verhör jetzt zu Ende?«, fragte Franzi.

Kim lachte. »Ja, jetzt lass ich dich in Ruhe. Bis morgen!«

»Bis morgen«, sagte Franzi. »Und schick die Nachricht an Michi ab, lass sie nicht in deinem Handy-Ordner verschimmeln.«

»Garantiert nicht«, sagte Kim und legte auf.

Franzi schüttelte den Kopf. Was für ein Tag!

Sofies Geständnis

»Ich hoffe, du hast einen guten Grund für dieses überstürzte Clubtreffen«, sagte Marie zu Kim. »Du weißt doch, dass es mir immer noch nicht so gut geht.«

Die drei !!! saßen am nächsten Tag in Kims Zimmer, nachdem Franzi und Marie eine »Super dringend und wichtig!!!«-Nachricht von Kim bekommen hatten. Sie müssten sich unbedingt gleich nach der Schule sehen.

»Der Grund würde mich auch brennend interessieren«, sagte Franzi. »Ich wollte eigentlich heute skaten.«

»Daraus wird leider nichts«, sagte Kim. »Ich habe nämlich einen großen Verdacht, was unseren Fall betrifft, und dem müssen wir unbedingt nachgehen.«

Marie rückte an die vorderste Kante des Schreibtischstuhls. »Welchen Verdacht?«

Kim lächelte. »Franzi hat mich gestern darauf gebracht. Ein Junge aus ihrem Voice-Chat wollte ihre Telefonnummer haben. Das hat mich sofort an Sofie erinnert.«

»Wieso?« Franzi verstand nur Bahnhof.

»Hast du nicht erzählt, dass Sofie ihrem Chatfreund ihre Telefonnummer gegeben hat?«, fragte Kim.

Franzi nickte.

»Weißt du, ob sie ihm auch ihre Adresse gegeben hat?«

»Keine Ahnung«, sagte Franzi. »Sie hat nur erwähnt, dass sie *seine* Adresse leider nicht hätte.«

Kim schlug sich mit der Hand auf den rechten Oberschenkel. »Ha! Das bedeutet, sie könnte ihm durchaus *ihre* Adresse gegeben haben.«

»Könntest du bitte mal auf den Punkt kommen?«, fragte Marie ungeduldig.

»Gleich«, sagte Kim. »Wann hat Sofie diesen Anton das letzte Mal gesehen?«

Franzi dachte scharf nach. »Vor fünf Tagen, hat sie geantwortet, als ich sie alleine im Jugendzentrum befragt habe.«

»Die Befragung war doch am Sonntag?«, fragte Kim.

»Ja, genau«, sagte Franzi.

Kim sah ihre Freundinnen triumphierend an. »Sofie hat Anton also am Dienstag vor einer Woche das letzte Mal gesehen. Klingelt es da nicht bei euch?«

Marie zog die linke Augenbraue hoch. »Am Dienstag vor einer Woche wurde bei den Tondes eingebrochen.«

»Bingo!«, rief Kim.

»Du meinst ...?«, sagte Marie.

Franzi riss die Augen auf. »... dass es einen Zusammenhang zwischen dem Einbruch und dem Verschwinden von Anton geben könnte?«

»Allerdings«, sagte Kim. »Genau das meine ich. Und deshalb habe ich auch gleich gehandelt. Ich habe Sofie gebeten, in einer Viertelstunde ins *Café Lomo* zu kommen, damit wir sie noch einmal befragen können.«

»Toll!«, sagte Franzi. »Da hast du echt ganze Arbeit geleistet.«

Marie sah Kim bewundernd an. »Du hast wirklich einen messerscharfen analytischen Verstand. Auf diese Schlussfolgerung wäre ich nicht gekommen.«

»Übertreib nicht«, sagte Kim. »Dir wäre es auch eingefallen, wenn du gestern mit Franzi telefoniert hättest.«

Franzi schüttelte den Kopf. »Ich kann es einfach nicht glauben. Wenn du recht hast, dann wissen wir in ein paar Minuten vielleicht endlich mehr.«

»Ja, genau«, sagte Kim. »Kommt, lasst uns aufbrechen. Ich will auf keinen Fall zu spät kommen.«

Diesmal war Franzi ausnahmsweise mal derselben Meinung wie Kim, was das Thema Pünktlichkeit betraf. Die drei !!! ließen ihre halb vollen O-Saft-Gläser stehen und machten sich auf den Weg.

Kurz darauf betraten sie das *Café Lomo*. Franzi mochte das Café. Jedes Mal, wenn sie dort war, musste sie daran denken, dass hier alles begonnen hatte. Im *Lomo* hatten sie sich das erste Mal getroffen, nachdem Kim eine Anzeige auf der Seite des Jugendzentrums gepostet und nach Mitgliedern für einen Detektivclub gesucht hatte. Aber jetzt hatte Franzi keine Zeit für sentimentale Erinnerungen.

Sofie wartete an der Bar. Sie nippte lustlos an einem Glas Cola und starrte die Flaschen an der Wand an.
»Hallo, Sofie!«, rief Franzi.
Sofie drehte sich um. »Da seid ihr ja endlich. Was gibt's denn diesmal? Ich hab euch doch schon alles gesagt, was ich weiß.«
»Wir haben einen guten Grund dafür«, sagte Kim. »Und den werden wir dir gleich erklären. Danke, dass du hergekommen bist.«
Marie deutete auf die Sofaecke. »Wollen wir es uns da drüben gemütlich machen? Da sind wir ungestört.«
»Okay«, sagte Sofie und nahm ihre Cola mit.
»Immer noch kein Lebenszeichen von Anton?«, fragte Franzi, während sie zur Sofaecke hinübergingen.
Sofie schüttelte traurig den Kopf. »Nichts!«
Die drei !!! ließen sich in die Polster fallen und bestellten drei *Kakao Spezial* mit Vanillearoma zum Aufwärmen.
Als die Bedienung die Getränke gebracht hatte, fing Kim an: »Also, es geht noch einmal um den Einbruch bei euch zu Hause. Mir ist da gestern ein Verdacht gekommen, der unter Umständen zu den Tätern führen könnte.«
Sie erzählte ausführlich den möglichen Zusammenhang zwischen dem Einbruch und Antons Verschwinden am selben Tag, den sie vorhin gerade Franzi und Marie erläutert hatte.
Sofie wurde immer ungeduldiger, je länger sie zuhörte. »Moment mal! Nichts gegen euren Detektivclub, aber ich glaube, ihr verrennt euch da gerade in eine Sache. Anton könnte niemals einen Einbruch begehen. Dazu ist er viel zu nett.«

»Tut mir leid«, sagte Marie. »Nettsein reicht nicht als Grund, dass jemand unschuldig ist. Wir können ja verstehen, dass du nichts auf deinen Anton kommen lässt. Trotzdem müssen wir dich das jetzt fragen: Hast du ihm deine Adresse gegeben?«

Sofie biss sich auf die Lippe. »Er wollte sie unbedingt haben, weil er mir einen Brief schreiben wollte.«

»Natürlich«, sagte Kim. »Und du warst wirklich so leichtsinnig und hast ihm die Adresse verraten?«

»Ja!«, rief Sofie. »Ich hab ihm vertraut, wir sind doch befreundet. Das dachte ich zumindest ...«

Franzi warf Marie und Kim einen Blick zu. »Anton hat sich seit dem Einbruch nicht mehr gemeldet. Er ist aus dem Spiel spurlos verschwunden, und er hat auch den Kontakt zu dir plötzlich abgebrochen, ohne Erklärung, einfach so. Das stimmt doch, oder?«

Sofie schniefte. »Ja, das stimmt.«

»Und du hast dich nie gefragt, warum er ausgerechnet am Tag des Einbruchs verschwunden ist?«, meinte Marie. »Sofie! Anton könnte ein gefährlicher Einbrecher sein! Während du im Jugendzentrum warst, hatte er genug Zeit, um bei euch zu Hause Tafelsilber, Schmuck und Münzen mitgehen zu lassen.«

»Anton war es nicht!«, rief Sofie plötzlich laut. »Das weiß ich ganz genau.«

»Das kannst du gar nicht genau wissen«, mischte Kim sich ein. »Schließlich warst du zur Tatzeit nicht daheim.«

Sofie starrte auf ihr Colaglas und murmelte: »Stimmt, aber ich war auch nicht im Jugendzentrum.«

»Was?«, riefen die drei !!! wie aus einem Mund.
»Wo warst du dann?«, fragte Franzi.
Sofie wurde rot. »Ich war mit Anton im Kino, in der Nachmittagsvorstellung.«
Franzi konnte es nicht glauben. Sofie hatte sie bei der ersten Befragung einfach angelogen!
»Warum hast du uns nicht die Wahrheit gesagt?«, wollte Kim wissen.
Sofie druckste herum. »Na ja. Ich wollte euch nicht von Anton erzählen. Das Ganze ist total geheim. Meine Eltern wissen nichts von ihm. Wenn sie das zufällig von euch erfahren hätten, wären sie garantiert ausgerastet.«
»Verstehe«, sagte Kim und seufzte. »Sich heimlich mit jemandem treffen, den man bisher nur aus dem Internet kennt, ist aber auch wirklich gefährlich. Du weißt nie, was die Person vorhat.«
»Aber das bedeutet doch, dass Anton unschuldig ist«, sagte Sofie. »Ich bin sein Alibi.«
Marie schüttelte den Kopf. »Das beweist noch gar nichts, im Gegenteil. Die Polizei geht davon aus, dass mehrere Täter den Einbruch verübt haben. Anton könnte dich als Alibi benutzt haben, während seine Komplizen den Einbruch für ihn erledigt haben. Hat Anton dich denn vorher gefragt, ob deine Eltern an diesem Nachmittag zu Hause sind?«
Sofie dachte angestrengt nach. »Moment mal ... ja, er hat mich am Tag vor dem Kino danach gefragt. Ich hab mich zwar ein bisschen gewundert, warum er das wissen wollte, aber er hat ge-

meint, er möchte eben alles über mich erfahren, wie meine Eltern so drauf sind, was sie in ihrer Freizeit unternehmen, was sie zum Beispiel morgen machen …«

»Siehst du!«, sagte Marie.

Sofie wurde blass. »Nein, das kann nicht sein …«

»Ich fürchte doch«, sagte Kim.

Da fiel Franzi etwas ein. »Wie sieht Anton eigentlich aus?«

»Er ist klein, nur einen Kopf größer als ich, schlank und hat blonde, kurze Haare«, sagte Sofie. »Und er ist fast 18, hat er mir erzählt.«

Franzi nickte. »Okay.«

Sofies Beschreibung stimmte leider nicht mit der Personenbeschreibung der Verkäuferin aus dem Antiquitätenladen überein. Anscheinend war einer von Antons Komplizen im Laden gewesen.

»Wie heißt Anton eigentlich mit Nachnamen?«, erkundigte sich Marie.

Sofie hob hilflos die Schultern hoch. »Er wollte mir seinen Nachnamen nicht sagen. Er meinte, der sei nicht wichtig. Viel wichtiger sei, dass wir uns so gut verstehen.«

»Faule Ausrede!«, zischte Franzi.

»Diesmal hast du uns wirklich weitergeholfen«, sagte Kim. »Deine anderen Aussagen stimmen aber hoffentlich alle?«

»Klar«, sagte Sofie. »Ich lüge nur, wenn es wirklich nicht anders geht.«

»Gut«, sagte Marie und stand auf.

»Wartet!«, rief Sofie. »Was habt ihr denn jetzt vor?«

Franzi setzte ihre Mütze auf. »Weiterermitteln natürlich. Wir halten dich auf dem Laufenden.«
»Und falls Anton sich melden sollte, gib uns sofort Bescheid, ja?«, sagte Kim.
Sofie nickte. »Mach ich, versprochen.«
Die drei !!! verabschiedeten sich von ihr und verließen das Café.
»Puh!«, sagte Marie. »Das ist ja ein Ding. Das muss ich erst mal verdauen.«
»Ich auch«, meinte Franzi.
Auf einmal kam ihr Kims Warnung beim gestrigen Telefonat gar nicht mehr übertrieben vor. Sie musste in Zukunft wirklich sehr aufpassen, wem sie ihre Telefonnummer gab.
»Ich schreibe sofort alle neuen Ergebnisse in mein Computer-Detektivtagebuch«, sagte Kim. »Wir bleiben in Kontakt? Wenn einer von euch noch was Wichtiges einfällt, meldet euch.«
»Geht klar«, sagte Marie.
»Okay, dann bis bald«, rief Franzi und sah Kim nach, die schon wieder ziemlich schnell auf ihrem Fahrrad davonsauste. Mist! Jetzt hatte sie vergessen, sie zu fragen, ob sie die Nachricht an Michi schon abgeschickt hatte.

Kim hatte es tatsächlich aus zwei Gründen eilig: Erstens wollte sie die Nachricht an Michi ein letztes Mal durchlesen, um sie danach endlich abzuschicken. Und zweitens wollte sie zu Hause schnell alles aufschreiben, solange die Eindrücke der Befragung noch frisch waren.
Eine halbe Stunde später saß Kim mit ihrem Handy auf dem

Bett, hielt den Daumen über dem blauen Pfeil, flüsterte »Bring mir Glück!« und ließ den Pfeil los, während sie sich vorstellte, wie er blitzschnell durchs Internet flog und auf Michis Handy landete.
Sie hatte es getan! Schnell sprang Kim vom Bett hoch und lief hinüber zum Schreibtisch, wo die Hausaufgaben auf sie warteten. Plötzlich klopfte es und noch bevor Kim antworten konnte, standen Ben und Lukas schon in ihrem Zimmer.
»Was macht ihr denn hier?«, fragte sie überrascht.
Die Zwillinge blieben wie angewurzelt stehen. Erst jetzt sah Kim in ihre Gesichter. Komisch, so unsicher und verlegen sahen sie sonst nur aus, wenn sie etwas ausgefressen hatten.
»Was ist los?«, fragte Kim. »Habt ihr wieder im Haus Fußball gespielt und Mama hat euch erwischt?«
Die Zwillinge schüttelten die Köpfe.
Kim trat ungeduldig von einem Fuß auf den anderen. »Was ist es dann? Mensch, ich hab echt keine Zeit.«
Lukas zeigte mit zitterndem Finger auf den Computer.
»W...wir h...haben nur ein kleines Spiel gemacht«, stotterte Ben.
»Und dann ist plötzlich der Computer abgestürzt«, sagte Lukas.
Kim sah die beiden fassungslos an. »Ihr habt *was* gemacht?«
»N...nur ein kleines Spiel«, wiederholte Ben.
»Was?«, rief Kim laut. »Das glaub ich jetzt nicht!«
Die Zwillinge wurden noch unsicherer.
»Bevor der Computer abgestürzt ist, kam noch so eine komi-

sche Viruswarnung«, sagte Lukas. »Aber das ist bestimmt nichts Schlimmes, deshalb musst du dich nicht aufregen.«
Kim schnappte nach Luft. »Ich reg mich aber auf!«
»Es tut uns total leid«, sagte Lukas.
Aus Bens Augen kullerten zwei dicke Tränen. »Entschuldige, Kim! Wir tun's auch nie wieder.«
»Für eure Entschuldigungen ist es jetzt zu spät!«, fauchte Kim. »Raus hier, aber sofort! Ich muss sehen, was ich noch retten kann.«
Mit hängenden Köpfen schlichen die Zwillinge aus dem Zimmer. Kim sperrte hinter ihnen ab, dann setzte sie sich an den Computer. Ihre Kehle wurde ganz trocken und ihre Hände fingen an zu schwitzen. Wenn der Virus nun alle ihre Dateien gelöscht hatte? Das geheime Tagebuch und das Detektivtagebuch … Sie durfte gar nicht daran denken.
Fieberhaft machte sie sich an die Arbeit. Zum Glück hatte sie schon mal in einem Tutorial gelesen, wie man Viren ausfindig machte und bekämpfte, bevor sie noch größeren Schaden anrichteten. Sie brauchte nur ein paar Sekunden, um den Virus zu finden, doch ihn zu beseitigen, kostete sie jede Menge Zeit und Nerven. Endlich, nach einer halben Stunde, lehnte sie sich erschöpft zurück. Geschafft!
Sie fuhr den Computer noch mal herunter und startete ihn neu. Dann überprüfte sie, ob der Virus bereits irgendwelche Dateien angegriffen hatte. Der Ordner mit dem Geheimtagebuch war unversehrt. Kim atmete auf. Beim Detektivtagebuch war auch alles im grünen Bereich. Kim atmete noch mal auf.

Vielleicht war ja gar nichts passiert? Doch als sie die Textdatei mit ihrem angefangenen Krimi suchte, zuckte sie zusammen. Die Datei war weg! Schnell ging sie in den Ordner der Dateien, die der Computer sicherheitshalber gelöscht hatte. Oh nein! Die Krimidatei war die einzige infizierte Datei!

Kim wurde schlecht. Die mühsame Arbeit der letzten Wochen war völlig umsonst gewesen! Da fiel ihr Blick auf den Drucker. Im Papierausgabefach stapelte sich ein dickes Bündel Papiere. Hastig griff sie danach, und im selben Augenblick fiel ihr ein, dass sie das komplette Manuskript gestern ausgedruckt hatte, um es noch mal grundlegend zu überarbeiten.

Kim juchzte und tanzte mit den Textseiten durchs Zimmer. Das war Glück im Unglück! Als hätte sie geahnt, was heute passieren würde. Aber die Zwillinge konnten noch was erleben. Mit einer laschen Entschuldigung würden sie dieses Mal nicht davonkommen!

Detektivtagebuch von Kim Jülich
Donnerstag, 15:00 Uhr

Beinahe wäre das Schrecklichste passiert, was einem Detektivclub überhaupt passieren kann: Alle unsere Ergebnisse und Details des Falls wären um ein Haar gelöscht gewesen und ich hätte sie mühsam wieder rekonstruieren müssen. Das verzeihe ich Ben und Lukas nie. Wie oft habe ich ihnen verboten, an meinen Computer zu gehen? Und dann laden sie mir auch noch einen Virus drauf. Das ist echt das Letzte! Diese blöden Brüder, diese ...

Aber ich muss mir die Schimpfworte für später aufsparen. Erst muss ich dringend das Detektivtagebuch vervollständigen:

Ergebnisse:

1. Mein Verdacht hat sich bestätigt: Sofies Freund Anton kannte die Adresse der Tondes. Er hat sich durch seine ausführlichen Fragen äußerst verdächtig gemacht.
2. Anton wusste auch, dass zur Tatzeit niemand daheim sein würde.
3. Er hat sich durch Sofie zwar ein Alibi besorgt, hat es aber offensichtlich dazu benutzt, um seinen Komplizen freie Bahn zu verschaffen.
4. Wir haben die Personenbeschreibungen von zwei Verdächtigen.
   a. Anton: ca. 18 Jahre alt, klein, einen Kopf größer als Sofie (Sofies Körpergröße noch erfragen!), schlank, blonde, kurze Haare.
   b. Zweiter Verdächtiger (wollte das Diebesgut im Antiquitätenladen verkaufen): attraktiv, groß, schlank, braune, schulterlange Locken, leicht gebräunt.

Fragen:

1. Wer ist der zweite Verdächtige? Unbedingt Erkundigungen einziehen bei weiteren Antiquitätenläden.
2. Wer ist Anton wirklich? Hat er Sofie seinen richtigen Namen gesagt? Wie heißt er mit Nachnamen? Ist er bereits vorbestraft?
3. Sind seine Komplizen auch in Voice-Chats unterwegs? Wenn ja, wie könnten wir sie ausfindig machen?
4. Planen Anton und seine Komplizen einen weiteren Einbruch? Wie können wir das verhindern?

Geheimes Tagebuch von Kim Jülich
Donnerstag, 16:00 Uhr

► Finger weg von meinem Tagebuch! Sobald du es berührst, wird ein Alarm ausgelöst, der einen Greifarm ausfahren lässt und dich in die Unendlichkeit des Internets katapultiert, aus der es kein Entkommen gibt. ◄

Ich hab die Nachricht an Michi tatsächlich abgeschickt! Keine Ahnung, wie ich den Mut dazu gefunden habe. Jetzt kann ich nur noch eins tun: abwarten! Die Nachricht ist angekommen, aber Michi hat sie noch nicht gelesen. Dafür gibt es bestimmt einen guten Grund. Wenn er arbeitet, darf er ja sein Handy nicht anhaben. Und wenn er sie dann liest, braucht er vielleicht ein bisschen, um zu überlegen, was er mir am besten antworten könnte. Ich bin so gespannt! Wie soll ich das bloß aushalten?
Michi, bitte schreib mir bald! Hoffentlich findest du meine Nachricht nicht blöd. Ich bin mir eigentlich ziemlich sicher, dass du dich freuen und mir bald was Nettes schreiben wirst. Das wäre absolut wunderbar!

Ganz geheime Chats

Franzi freute sich nach der ganzen Aufregung auf einen entspannten Abend zu Hause. Heute war Donnerstag. Irgendwann einmal hatte ihre Mutter den Donnerstagabend zum Familienabend erklärt. An diesem Tag machte ihr Mann die Praxis früher als sonst zu und hatte Zeit für die Familie. Meistens gab es am Donnerstagabend ein besonders gutes Essen und danach spielten sie zusammen, lasen sich Geschichten vor oder sahen sich einen spannenden Film an.
Heute war mal wieder ein Film dran: Im Fernsehen lief *Die Rückkehr der Jedi-Ritter*. Ein Krimi wäre Franzi zwar lieber gewesen, aber der *Star Wars*-Fantasyklassiker war sicher auch nicht schlecht, und sie kannte weder die alten noch die neuen *Star Wars*-Filme.
Frau Winkler stellte eine große Schüssel Popcorn auf den Couchtisch. »Schön, dass ich euch mal wieder alle zusammen um mich habe!«
»Ich liebe Donnerstagabend«, sagte Dr. Winkler und legte den Arm um die Schultern seiner Frau.

Chrissie verzog das Gesicht. »Ich wäre viel lieber mit Bernd ins Kino gegangen. Ihr immer mit euren doofen Traditionen!«

»Traditionen sind nicht doof«, sagte Stefan. »In der Familie schon gar nicht. Ich hab Sonja auch für heute Abend abgesagt.«

Franzi grinste ihn an. »Und? Schwebt ihr noch auf Wolke sieben?«

»Das geht dich gar nichts an«, sagte Stefan, wurde aber prompt ein bisschen rot.

Franzi verdrehte nur die Augen.

»Ruhe, Kinder!«, rief Dr. Winkler. »Es fängt an.«

Seine Frau drehte den Ton lauter. Die Titelmelodie dröhnte durchs Wohnzimmer. Franzis Vater sang lautstark und ziemlich falsch mit. Er hatte als Kind *Krieg der Sterne* gesehen und schwärmte seitdem davon.

Franzi musste kichern. Andererseits fand sie ihren Vater auch ein bisschen peinlich. Aber zum Glück sah ja keiner zu. Dann konzentrierte sich Franzi auf den Film. Die Spezialeffekte waren zwar noch nicht so ausgereift wie heutzutage, aber trotzdem gefiel ihr der Film ganz gut.

»Da!«, rief ihr Vater. »Das ist Boba Fett. Sieht er nicht gruselig aus?«

Besonders vertrauenerweckend wirkte der Typ nicht gerade mit seiner kriegerischen Rüstung. Franzi liefen kalte Schauer über den Rücken. Aber auf einmal stutzte sie. Irgendwoher kam ihr der Name bekannt vor. Hatte ihr Vater schon mal von Boba Fett erzählt? Gut möglich. Aber der Name war ihr doch erst kürzlich begegnet, bloß wo?

Plötzlich fiel es ihr wie Schuppen von den Augen: Anton hatte im Voice-Chat den Nickname Boba Fett benutzt! Anscheinend war er auch ein *Krieg der Sterne*-Fan. Das Detail konnte vielleicht noch mal wichtig werden. Das musste sie unbedingt Kim erzählen.

Der Film lief weiter und Han Solo kam in Großaufnahme ins Bild. Franzi sah gespannt zu, bis es auf einmal in ihrem Gehirn weiterratterte. Han Solo? Han Solo, ihr Freund aus dem Skater-Spiel! Er war also auch ein *Krieg der Sterne*-Fan.

Stopp, Moment mal! Das konnte doch kein Zufall sein.

»Franzi-Schatz?«, fragte Frau Winkler besorgt. »Du siehst so blass aus. Geht's dir etwa nicht gut?«

»Doch, doch«, sagte Franzi und stopfte sich demonstrativ eine Handvoll Popcorn in den Mund.

Frau Winkler war wieder beruhigt. Franzis Gehirn arbeitete inzwischen weiter auf Hochtouren. Boba Fett und Han Solo ... Kaum war Boba Fett aus dem Spiel mit dem Sprach-Chat verschwunden gewesen, war Han Solo aufgetaucht. Seltsam, nicht, so direkt nach Boba Fetts Verschwinden? Oder doch ein ganz normaler Zufall – das hieß, es steckten zwei verschiedene Personen hinter Boba Fett und Han Solo, die nichts miteinander zu tun hatten. Oder sie hatten sehr wohl etwas miteinander zu tun und gehörten zur selben Einbrecherbande?

Plötzlich fiel Franzi noch etwas ein: Manche Leute machten sich angeblich einen Spaß daraus, sich im selben Spiel mit zwei Avataren anzumelden. Konnte es vielleicht sein, dass Anton alias Boba Fett und Han Solo ein und dieselbe Person waren?

Franzi schluckte. Diese Möglichkeit war so schrecklich, dass sie sie eigentlich gar nicht zu Ende denken wollte. Aber als Detektivin musste sie es tun. Sie musste alle persönlichen Dinge hintenanstellen, wenn es um den Fall ging. Aber Han Solo war doch so süß ... Obwohl er schon ziemlich gedrängt hatte, um ihre Telefonnummer herauszukriegen. Mist!
»Habt ihr das gesehen?«, rief Dr. Winkler und sprang vom Sofa auf. »Jetzt beginnt der Angriff auf den Todesstern!«
»Wahnsinnig spannend«, sagte Chrissie gelangweilt.
»Psst!«, machte Stefan.
Franzi hielt es nicht mehr länger vor dem Fernseher aus. Sie musste unbedingt mit Kim telefonieren. Geräuschlos stand sie auf, um sich unbemerkt davonzuschleichen.
Da hielt ihre Mutter sie zurück. »Franzi, wo willst du denn hin?«
»Mir geht's irgendwie doch nicht so gut«, sagte Franzi. »Ich glaub, ich hab zu viel Popcorn gegessen.«
»Soll ich dir einen Kamillentee kochen?«, fragte Frau Winkler.
Franzi schüttelte heftig den Kopf. »Nicht nötig, ich leg mich einfach ein bisschen hin.«
»Alles klar«, sagte Frau Winkler. »Gute Besserung!«
Franzis Vater hatte von der Unterhaltung nichts mitbekommen. Er fieberte bei dem Film so sehr mit, dass er alles um sich herum vergaß.
Schnell lief Franzi die Treppe hoch, schnappte sich ihr Handy und zog sich damit in ihr Zimmer zurück.
»Hallo, Kim? Ich bin's, Franzi!«

Kim redete sofort wie ein Wasserfall los: »Gut, dass du anrufst! Stell dir vor, was mir passiert ist. Ben und Lukas haben einen Virus auf meinen Computer geladen und eine Datei zerstört, die mit meinem Krimi. Die Detektivdatei ist zum Glück noch da. Oh Mann, das war vielleicht ein …«

»Ich hab ein neues Detail zum Fall!«, unterbrach Franzi ihre Freundin.

»Warum hast du das denn nicht gleich gesagt?«, rief Kim aufgeregt. »Los, rück schon damit raus!«

Franzi holte tief Luft und erzählte von ihrem Verdacht, der ihr plötzlich beim Fernsehen gekommen war. Als sie fertig war, kam Schweigen aus der Leitung.

»Was meinst du dazu?«, fragte Franzi. »Du kennst dich doch auch gut mit Technik und so aus. Könnte Anton hinter beiden Namen stecken?«

»Mein Bauchgefühl sagt mir, dass da schon was dran sein könnte«, meinte Kim. »Manche Leute verwenden in Online-Spielen gern zwei Nicknames. Das gibt ihnen einen besonderen Kick. Andererseits frage ich mich: Ist Anton wirklich so leichtsinnig, zwei Nicknames aus demselben Film zu nehmen? Obwohl, vielleicht fühlt er sich ja so sicher, dass er es gerade lustig findet.«

Franzi stöhnte. »Du hältst es also für möglich. Das hab ich befürchtet. Was machen wir denn jetzt?«

Kim dachte nach. »Schwierig. Bei zwei Briefen wäre es einfacher, da könnte man einfach die Handschriften vergleichen.«

»Tja, das kannst du dir abschminken«, sagte Franzi. »Wir le-

ben in einer digitalen Welt. Leider schreiben nur noch wenige Leute Briefe, am ehesten vielleicht frisch Verliebte.«
»Lass das Thema bitte aus dem Spiel«, sagte Kim. »Das lenkt mich total vom Nachdenken ab.«
»Sorry«, sagte Franzi.
Wieder war Stille in der Leitung. Doch plötzlich stieß Kim einen spitzen Schrei aus. »Ich hab's! Beim Text-Chat gibt es zwar keine Handschriften, aber man kann trotzdem die Schreibstile vergleichen. Jeder hat doch seinen ganz eigenen Stil beim Text-Chat. Besonders, wenn man sich privat schreibt.«
»Ja, klar«, antwortete Franzi. »Du meinst, wir sollten den Chatverlauf zwischen Sofie und Boba Fett mit dem Chatverlauf zwischen mir und Han Solo vergleichen?«
»Ganz genau«, sagte Kim. »Das ist die sicherste Methode.«
Franzi zögerte. Sie sollte das private Gespräch mit Han Solo herausrücken? Den Text-Chat, in dem er ziemlich direkt mit ihr geflirtet hatte? Oh nein, wie peinlich!
»Hast du den Chatverlauf etwa nicht mehr?«, fragte Kim erschrocken. »Der wird doch immer automatisch gespeichert.«
»Klar hab ich den noch, ich hab ihn nicht gelöscht«, sagte Franzi. »Es ist nur … äh … na ja, hast du schon mal was von Privatsphäre gehört?«
»Klar«, sagte Kim. »Aber die muss ich in diesem Fall ignorieren. Komm schon, so geheim wird euer Text-Chat doch nicht sein, oder?«
Franzi räusperte sich. »Hm, natürlich nicht. Aber wunder dich nicht, wenn du den Text liest. Han Solo hat so einen Flirtton

drauf, aber das ist bei ihm ganz normal, das macht er auch beim Gamen im Voice-Chat gegenüber den anderen so.«

Kim kicherte. »Aha, verstehe.«

»Da gibt es gar nichts zu lachen!«, beschwerte sich Franzi.

»Natürlich nicht«, sagte Kim. »Also, dann sind wir uns ja einig, wie wir weitermachen. Ich fürchte nur, heute ist es zu spät, um Sofie noch anzurufen. Schreib ihr doch schon mal, sie soll dich dringend zurückrufen. Dann erklärst du ihr morgen das Ganze und sie soll dir ihren Chatverlauf rüberschicken. Vielleicht können wir dann ja schon morgen Nachmittag zu dir kommen und die Texte in Ruhe am Bildschirm vergleichen.«

Franzi musste zugeben, dass Kim wieder mal strategisch brillant vorging. »Gute Idee. Ich melde mich bei dir, sobald ich von Sofie höre.«

»Okay, bis bald!«, sagte Kim. »Ich bin schon total gespannt.«

»Ich auch«, sagte Franzi und legte auf. Dann stöhnte sie laut. Hoffentlich steckte Han Solo nicht in dem Fall mit drin!

Am nächsten Nachmittag drängelten sich die drei !!! um Franzis Laptop. Sofie hatte nach langem Widerstand endlich ihre privaten Gespräche vom Text-Chat herausgerückt und den Chatverlauf rübergeschickt.

Kim zeigte Franzi gerade, wie man die Texte in zwei Fenstern nebeneinander öffnen konnte, um sie direkt miteinander vergleichen zu können.

Franzi kam sich in ihrem Bürostuhl vor wie in der Schule, kurz bevor die Lehrerin eine Mathearbeit zurückgab. Aber vielleicht gab es ja doch noch eine Chance, dass der Verdacht nicht stimmte und Han Solo unschuldig war! Als die Texte auf dem Bildschirm erschienen, presste Franzi beide Daumen, bis die Fingergelenke weiß wurden, und überflog hastig die Zeilen. Dann wurde sie blass.

»Seht ihr auch, was ich sehe?«, fragte Marie.

Kim nickte. »Die Texte sind fast …«

»… identisch«, beendete Franzi leise den Satz.

Um ganz sicherzugehen, las sie drei Passagen aus Sofies Chatverlauf halblaut vor. Den Text ihres privaten Chats hatte sie sowieso auswendig im Kopf.

Boba Fett: Das kann kein Zufall sein. Ich hab echt das Gefühl, wir sind Seelenverwandte. Oder wir haben uns in einem anderen Leben schon einmal getroffen. Vielleicht waren wir dort ja verheiratet?

Boba Fett: Ich warte täglich 86 400 Sekunden darauf, um mit dir zu chatten.

Boba Fett: Verrätst du mir deine Telefonnummer? Ich behalte sie auch für mich und gebe sie nicht Groove.

Franzi konnte es nicht glauben. Boba Fett und Han Solo benutzten dieselben Komplimente und fast denselben Wortlaut in ihren Text-Chats – das hieß, *Anton* benutzte dieselben Komplimente! Dabei hatten Han Solos Worte so persönlich geklungen, sie hatte geglaubt, dass er sie sich nur für sie ausgedacht hatte. Dabei hatte er sie nur benutzt, genau wie Sofie. Dieser gemeine Mistkerl!

»Du kannst echt froh sein, dass du ihm deine Telefonnummer nicht gegeben hast«, sagte Marie.
»Allerdings«, meinte Kim. »Da bist du wirklich gerade nochmal haarscharf an einer Katastrophe vorbeigeschlittert.«
Franzi schloss die beiden Fenster am Bildschirm. »Okay, ich hab die Botschaft verstanden. Das Wichtigste ist: Wir wissen jetzt, dass Anton dieselbe Masche benutzt. Das bedeutet, er will wahrscheinlich auch bei mir zu Hause einbrechen.«
Kim nickte. »Logische Schlussfolgerung. Zum Glück kann er das nicht, weil er weder deine Adresse noch deine Telefonnummer hat.«
»*Noch* nicht!«, sagte Marie plötzlich.
Franzi und Kim rissen die Köpfe zu ihr herum.
»Was willst du denn damit sagen?«, fragte Franzi.
Marie grinste von einem Ohr zum anderen. »Ich glaube, mir ist da gerade was ziemlich Geniales eingefallen.«
Franzi verdrehte die Augen. »Musst du immer so furchtbar bescheiden sein? Was ist dir eingefallen?«
»Sofie hat Anton doch auf einer LAN-Party das erste Mal persönlich kennengelernt«, sagte Marie.
»Ja, und?«, meinte Franzi.
»Weißt du zufällig, wann und wo die nächste LAN-Party von diesem Skater-Game ist?«, fragte Marie.
»Hm, eine im Chat hatte von *bald* gesprochen.« Franzi nahm ihr Handy und sah nach. »Oh, spontan wurde schon für diesen Samstag eine LAN-Party im Jugendzentrum festgelegt!«
Marie grinste breit. »Wie praktisch! Du solltest zu diesem Tref-

fen auf jeden Fall hingehen und dafür sorgen, dass Anton auch da ist.«

Langsam dämmerte Franzi, was Marie vorhatte. »Das ist nicht dein Ernst! Du willst, dass ich für euch den Lockvogel spiele? Kommt nicht infrage! Ich werfe mich doch nicht freiwillig in die Arme von diesem gefährlichen Verbrecher!«

»Ach«, sagte Marie. »Jetzt auf einmal nicht? Vor Kurzem hättest du doch noch halbwegs ernsthaft mit dem Gedanken gespielt, oder?«

Franzi ließ sich nicht ärgern. »Haha, sehr witzig! Spar dir bitte deine Kommentare.«

»Wieso?« Marie zwinkerte Kim zu.

»Themawechsel!«, rief Franzi genervt. Sie wollte noch mehr sagen, doch da ging Kim dazwischen.

»Hört auf! Wir haben keine Zeit zu streiten.«

»Du hast recht«, räumte Marie ein.

Kim sah ihre Freundinnen fragend an. »Also ich finde Maries Vorschlag gar nicht so schlecht. Zu so einer LAN-Party kommen doch viele Leute, oder? Das halte ich für völlig ungefährlich. Anton wird sich hüten, eine gefährliche Aktion zu starten oder dich gar zu bedrohen. Er hätte viel zu viele Zeugen!«

Marie nickte eifrig. »Ja genau. Und du hast die einmalige Gelegenheit, ihn auszuquetschen. Vielleicht verplappert er sich ja, was seine Komplizen oder den Einbruch angeht.«

»Das glaubst du wohl selbst nicht«, sagte Franzi. »So wie er vorgeht, ist er ein Profi. Er darf auf keinen Fall Verdacht schöpfen, dass ich mehr von ihm weiß.«

Plötzlich blitzten Kims Augen auf. »Du musst ihn auch gar nicht ausquetschen. Lass ihn so viele Fragen stellen, wie er will. Und verrate ihm deine Telefonnummer. Wenn er dich näher kennenlernen und im Café treffen will, umso besser. Falls er dann auch bei dir zu Hause einbrechen will, können wir ihn auf frischer Tat ertappen.«

Franzi sah Kim nachdenklich an. Die Idee war nicht schlecht. Sie hatte nur einen Haken: dass sie selbst in diesem Fall nicht ganz unparteiisch war. Was, wenn sie Anton bei der LAN-Party treffen würde und er wäre einfach nett? Dann würde es ihr schwerfallen, ihn weiterhin für einen Verbrecher zu halten.

»Das ist unsere Chance!«, sagte Marie. »Tu's für uns!«

Kim sah Franzi flehend an. »Bitte! Wir brauchen dich.«

Franzi konnte nicht länger Nein sagen. »Okay, aber nur unter einer Bedingung. Ihr müsst mitkommen, inkognito.«

»Klar«, sagte Kim. »Das hatte ich sowieso vor. Wir nehmen unser Aufnahmegerät und unsere Handys mit, dann können wir euer Gespräch mitschneiden und Handyfilme machen.«

Franzi nickte. »Das klingt schon viel besser. Ich bin dabei.«

»Hurra!«, jubelte Marie und Kim fiel Franzi um den Hals.

»Am besten sprichst du gleich jetzt mit Anton im Chat und machst ihn auf die LAN-Party aufmerksam«, schlug Marie vor.

Franzi ließ sich zurück auf ihren Stuhl fallen. »Mach ich sofort, wenn ihr weg seid.«

»Nein, jetzt!«, beharrte Marie.

Franzi stöhnte. Heute blieb ihr aber auch nichts erspart. Mit klopfendem Herzen schrieb sie Han Solo privat an:

Apple: Gehst du am Samstag zur LAN-Party im Jugendzentrum? Ich bin auf jeden Fall da und warte auf Seelenverwandte.

Kim kicherte. »Sehr gut! Da muss er einfach anbeißen.«
Die Antwort kam schon nach ein paar Sekunden.

Han Solo: Hallo, Süße! Wo warst du denn gestern? Habe sehnsüchtig auf dich gewartet.
Apple: Musste mit meiner Familie den Abend verbringen, konnte mich leider nicht abseilen. Tut mir echt leid.
Han Solo: Kein Problem, auf dich warte ich gerne. Klar komme ich zum Treffen, wenn du dort bist! Freu mich total auf dich. Wie erkenne ich dich denn? Duftest du nach Äpfeln?
Apple: Kann schon sein bei den vielen Äpfeln, die ich so verdrücke. Aber einfacher erkennst du mich an meinen roten Haaren und meinem T-Shirt. Da ist vorne eine große >14< drauf. Mein Name ist übrigens Frieda. Und wie heißt du?
Han Solo: Ich bin der Anton aus Tirol! Spaß beiseite, ich heiße nur Anton. Ich werde mein hellblaues Han-Solo-T-Shirt anziehen.
Apple: Alles klar. Dann bis Samstag!
Han Solo: Ich zähle die Sekunden.

Schnell loggte sich Franzi aus und wischte ihre feuchten Hände an ihrer Jeans ab. Oh Mann, das war der schwierigste Fall ihrer bisherigen Detektivkarriere!
Marie grinste breit. »Dann mal viel Spaß mit dem Anton aus Tirol!«

Da musste Franzi lachen. Und plötzlich fiel ihr auf, dass Marie wieder ziemlich gut drauf war.
»Dir geht es ja anscheinend besser«, sagte sie. »Kein Liebeskummer mehr?«
Marie dachte kurz nach. »Ich gebe zu, ich hab mich da ein bisschen hineingesteigert. Stefan ist echt nett, er sieht gut aus und alles, aber er ist viel zu alt für mich. Lieber stürze ich mich voll in unseren Fall.«
»Toll!«, sagte Franzi.
Kim nickte erleichtert. »Finde ich auch. Und von wegen Liebeskummer. Bestimmt hat Sofie auch schon von der LAN-Party im Jugendzentrum gehört und plant, dort nach Anton zu suchen. Wir müssen sie davon überzeugen, das nicht zu tun, damit wir den Einbruch bei ihr zu Hause aufklären können.«
»Das übernehme ich!«, sagte Franzi. »Und jetzt lasst uns noch mal unseren Schwur aufsagen, wir brauchen Kraft und Energie für diese Aktion!«
Die drei !!! stellten sich im Kreis auf, streckten die Arme aus und legten die Hände übereinander:
»Die drei !!! – Eins, zwei, drei – Power!!!«

Lockvogel im Einsatz

Äußerlich war Franzi ganz cool: Mit einem unauffälligen Blick in eine Schaufensterscheibe überprüfte sie ihr Outfit. Alles perfekt: Jeans, halbhohe Stiefel, Cardigan und darunter natürlich das T-Shirt mit der ›14‹. Dazu die Haare mit Gel strukturiert, schwarz getuschte Wimpern und himbeerfarbener Lipgloss. Beim Make-up hatte ihr Marie geholfen, weil Franzi sich sonst fast nie schminkte. Das i-Tüpfelchen war die schwarze XXL-Sonnenbrille, die super zu ihren roten Haaren passte.

Wie gesagt, äußerlich war Franzi ganz cool. Innerlich war sie ein Nervenbündel und fühlte sich ungefähr so, als müsste sie gleich vor tausend Zuschauern bei einem Casting vorsingen. Trotzdem versuchte sie, sich nichts anmerken zu lassen, und verabschiedete sich lässig von Marie und Kim. Die beiden würden ein paar Sekunden warten, bevor sie ihr folgten.

Franzi ging mit betont langsamen Schritten auf das Jugendzentrum zu, in dem die LAN-Party stattfinden sollte. Als sie die Tür aufmachte, quoll ihr dicke, abgestandene Luft entgegen und lautes Stimmengewirr übertönte die Lounge-Musik. Das

Zentrum war rappelvoll. Dicht nebeneinander saßen die Jungen und Mädchen vor ihren Laptops und redeten aufgeregt über das Computerspiel. Franzi hängte ihre Jacke an die überquellende Garderobe und schnappte nach Luft. Wie sollte sie in diesem Gewühl bloß Anton finden? Doch dann riss sie sich zusammen und scannte ihre Umgebung. Die meisten waren ein paar Jahre älter als sie und die Jungen eindeutig in der Überzahl. Das machte die Lage nicht gerade einfacher. Sofie konnte sie nicht entdecken. Franzi hatte lange mit ihr telefoniert und sie davon überzeugt, dass es besser für sie war, nicht zu kommen. Besser für sie und für die Aufklärung des Falls. Aber ganz sicher war Franzi nicht gewesen, ob Sofie sich auch wirklich daran halten würde, denn sie war immer noch ziemlich in Anton verknallt, das hatte Franzi deutlich gespürt.

Langsam schob sich Franzi durch die Menge und hielt nach einem Jungen mit einem hellblauen T-Shirt Ausschau.

Plötzlich klopfte ihr ein hochgeschossener Typ mit jeder Menge Pickeln im Gesicht auf die Schulter. »Hi, ich bin Groove, und wer bist du?«

Franzi schluckte. Groove war der Letzte, den sie hier treffen wollte. »Franzi«, antwortete sie kurz und zuckte innerlich zusammen. Jetzt hatte sie ihren echten Namen verraten.

»Hi, Franzi! Dich kenn ich gar nicht vom Chat. Wollen wir was trinken? Ich spendier dir eine Cola an der Bar.«

»Nein danke«, sagte Franzi.

Groove ließ nicht locker. »Hey komm, das Spiel läuft uns schon nicht weg.«

Franzi wiederholte extra deutlich: »Hast du Tomaten auf den Ohren? Ich will nicht.«

»Spaßverderberin!«, zischte Groove und zog beleidigt ab.

Franzi atmete tief durch. Jetzt brauchte ihr nur noch Powerfrau über den Weg zu laufen, dann war ihr Glück perfekt.

Rasch schlängelte sie sich weiter durch die Menge. An der Bar stand eine Traube Jugendlicher. Ein Mädchen sagte irgendetwas Lustiges, alle lachten, und ein Junge lachte besonders laut. Franzi konnte ihn auf den ersten Blick nicht erkennen, weil die anderen die Sicht auf ihn verdeckten. Neugierig ging Franzi näher ran und reckte den Kopf. Endlich konnte sie einen Blick erhaschen. Der Junge war blond. Er war nicht besonders groß und er bekam ein süßes Grübchen am Kinn, wenn er lachte. Er war bestimmt schon achtzehn und er trug ein hellblaues T-Shirt, auf dem das Foto von Han Solo prangte.

Franzis Herz setzte kurz aus und schlug dann im doppelten Tempo weiter.

Vor ihr stand Anton!

Hatte er sie etwa schon gesehen? Franzi spürte, wie sie bis in die Haarwurzeln rot wurde. So konnte sie Anton auf keinen Fall unter die Augen treten. Schnell wich sie ein Stück zurück. Dabei trat sie jemandem auf die Zehen.

»Autsch!«, rief Kim, die sich mit Marie bereits in Position gebracht hatte.

»'tschuldige«, sagte Franzi und tat so, als würde sie weder Kim noch Marie kennen.

Dann sah sie wieder zu Anton hinüber. Er hatte sie zum Glück noch nicht entdeckt. Kein Wunder, er war voll in Party-Laune. Was hatte Marie gesagt? Der Anton aus Tirol? Damit schien sie ausnahmsweise recht zu haben. Franzi lehnte sich gegen eine Säule neben der Bar. Von dort hatte sie einen guten Blick auf Anton, ohne ihm aufzufallen. Zuerst mal wollte sie eine Weile zuhören, bevor sie ihn ansprach.

Anton hatte jetzt anscheinend auch etwas Witziges losgelassen, denn die anderen bogen sich vor Lachen.

»Danke, danke«, sagte Anton, als sie endlich aufhörten. »So gut war der auch nicht. Aber erzähl doch mal, Powerfrau, wie heißt du in Wirklichkeit?«

Franzi reckte neugierig den Hals. Jetzt war sie aber doch gespannt, wer hinter dieser Powerfrau steckte!

»Ich heiße Nele«, sagte das Mädchen rechts neben Anton. Nele hatte braune, lange Haare, in die sie oft mit ihren Händen fuhr. Sie schien ziemlich nervös zu sein.

Anton strahlte sie an. »Nele, hübscher Name! Und was treibst du so in deiner Freizeit außer gamen und skaten?«

»Ich segle«, sagte Nele und wurde rot.

»Echt?«, sagte Anton. »Das ist ja spannend. Erzähl mehr davon!«

Nele strich ihre Haare zurück. Dann räusperte sie sich. »Natürlich segle ich nur im Sommer, wenn es schön warm ist. Meine Eltern haben ein großes Boot. Wir fahren fast jedes Wochenende raus an den See und laden immer jede Menge Freunde zum Segeln ein. Du kannst gern auch mal mitkommen.«

Antons Augen wurden größer. »Ja, klar, super!«

Das Gespräch drehte sich jetzt ums Segeln und Schwimmen. Ein Junge erwähnte, dass seine Eltern zu Hause ein Schwimmbad hatten, in dem er jeden Tag trainierte. Sein großer Traum war es, einmal bei einer Schwimmmeisterschaft mitzumachen. Sofort wandte sich Anton ihm zu. »Da drück ich dir fest die Daumen! Ich schwimme übrigens auch sehr viel. Wenn du magst, komme ich mal bei dir vorbei, dann können wir zusammen trainieren.«
»Gerne«, sagte der Junge. »Lass uns später was ausmachen, ja? Das Spiel wartet auf mich.«
Anton nickte und streckte den rechten Daumen nach oben.
Franzi hatte genug gehört. Energisch boxte sie sich mit den Ellbogen zu Anton durch. »Hi, schön dich zu sehen!«
Anton starrte mit offenem Mund auf ihr T-Shirt. »Das Mädchen mit der ›14‹ auf dem Shirt! Frieda!«
»Hier ist es so schrecklich laut«, redete Franzi schnell weiter. »Komm mit, dahinten bei der Sitzecke ist noch was frei.«
»Gute Idee«, sagte Anton und nahm sein Glas in die Hand.
»Schade!«, rief Nele enttäuscht. »Wir wollten doch noch übers Segeln weiterreden.«
Anton winkte ihr lächelnd zu. »Bin bald wieder da. Das finde ich voll spannend.«
»Dann bis gleich«, sagte Nele und wandte sich wieder ihren Freunden zu.
Franzi lief schnell zur Sitzecke hinüber. Marie und Kim hatten gerade erfolgreich ein knutschendes Pärchen verdrängt. Franzi und Anton schnappten sich die Plätze.

»Ich dachte mir gleich, dass du toll aussiehst«, begann Anton das Gespräch.
Franzi biss sich auf die Lippe, um nicht rot zu werden. »Danke. Wie geht's dir so?«
»Immer besser«, sagte Anton und lächelte sie dabei die ganze Zeit an.
Franzi wich seinen blauen Augen aus. »Toll.« Dann sah sie sich um. »Ganz schön was los hier, was?« Dabei stellte sie unauffällig fest, dass Kim und Marie sich in der Nähe auf den Boden gesetzt hatten.
»Kann man wohl sagen«, meinte Anton. »Aber davon lassen wir uns nicht stören! Erzähl doch mehr von deinem Pony. Tinka heißt es, oder? Hat es einen eigenen Stall bei euch und eine richtige Weide?«
Langsam wurde Franzi Antons Strategie klar. Er checkte anscheinend alle Mädchen und Jungen aus dem Game und auf dem Treffen hier danach ab, ob sie aus reichen Elternhäusern kamen. Klar, es musste sich ja für ihn und seine Komplizen lohnen einzubrechen!
Franzi beschloss, ordentlich zu übertreiben, obwohl ihr Zuhause im Vergleich zu Maries Wohnung ziemlich bescheiden war.
»Natürlich hat Tinka einen eigenen Stall«, sagte sie. »Er ist so riesig, da hätten noch drei andere Pferde Platz. Und die Weide ist auch großzügig. Ponys brauchen viel Auslauf, sagt mein Vater immer. Der ist Tierarzt und hat eine eigene Praxis.«
Anton hing an ihren Lippen. »Scheint ein toller Mann zu sein,

dein Vater. Wie heißt er, falls ich mal einen Tierarzt brauchen sollte?«

»Dr. Winkler«, antwortete Franzi. »Stimmt, er ist toll. Meine Mutter aber auch. Sie plant, sich selbstständig zu machen. Zurzeit ist sie Managerin und leitet ein fünfköpfiges Unternehmen.« Dass es sich bei dem ›fünfköpfigen Unternehmen‹ um ihre Familie handelte, band sie Anton natürlich nicht auf die Nase.

»Bewundernswert«, sagte Anton. »Ich mag zielstrebige Frauen – und Mädchen!« Dabei strahlte er sie wieder an. »Dann haben deine Eltern ja ziemlich viel Stress. Haben sie trotzdem noch Zeit, manchmal zusammen etwas zu unternehmen?«

»Doch, schon«, sagte Franzi. »Sie gehen wahnsinnig gern ins Kino, am liebsten in Nachmittagsvorstellungen.«

Antons Mundwinkel zuckten verräterisch. Doch eine Sekunde später hatte er sich bereits wieder unter Kontrolle.

»Und deine Schwester?«, fragte er schnell weiter. »Was macht die so?«

Franzi lachte. »Die hängt jede freie Minute mit ihrem Freund ab. Stefan ist übrigens auch selten daheim seit Neuestem. Er hat wieder eine Freundin. Beide nerven mich echt oft und meine Eltern auch. Aber es ist komisch: Wenn alle gleichzeitig ausfliegen und das ganze Haus plötzlich leer ist, bin ich manchmal schon ein bisschen einsam.« Die letzten Sätze hatte sie extra vorher vorbereitet, um sie so natürlich wie möglich rüberzubringen.

»Du Arme!«, sagte Anton und sah Franzi dabei tief in die Au-

gen. Franzi knetete ihre Hände. Konnte er das Flirten wenigstens mal für ein paar Minuten abstellen?
Anton schien nicht daran zu denken, im Gegenteil. Er beugte sich auch noch zu ihr vor. »Darf ich dir eine Frage noch mal stellen?«
»Klar«, sagte Franzi.
»Jetzt, wo wir uns kennen und du gesehen hast, dass ich ein total harmloser Typ bin, kannst du mir doch auch deine Telefonnummer geben, oder?«
Von wegen völlig harmloser Typ, dachte Franzi.
»Ich weiß nicht«, meinte sie.
Anton setzte seinen ganzen Charme ein. »Bitte! Ich verspreche dir hoch und heilig, dass ich dich nicht Tag und Nacht anrufe. Ich würde einfach gern ab und zu mit dir quatschen.«
»Okay«, sagte Franzi. »Ich geb dir meine Handynummer.«
Anton verzog das Gesicht. »Ich hasse Telefonieren auf dem Handy. Da hören immer alle mit, wenn man unterwegs ist, in der U-Bahn oder im Café.«
»Na gut«, sagte Franzi. »Dann geb ich dir die Telefonnummer von zu Hause.«
»Danke!«, sagte Anton und streckte seine Hand aus.
Franzi runzelte die Stirn. »Ja?«
»Schreib sie mir einfach in die Hand!«, sagte Anton. »Hier ist ein Kuli.«
Franzi war kurz verwirrt und starrte auf Antons Hand. Schnell nahm sie den Kugelschreiber entgegen und kritzelte die Nummer auf seinen Handteller. Mist, ihre Finger zitterten!

Als sie fertig war, lehnte sich Anton zurück und betrachtete zufrieden die krakeligen Zahlen. Dann sah er auf seine Armbanduhr. »Was, schon so spät? Ich muss leider los.«
»Zur Reitstunde?«, fragte Franzi lauernd.
Anton stutzte. »Ja, genau. Stimmt, ich hab dir ja davon erzählt. Also dann, es war superschön mit dir. Wir müssen uns unbedingt mal im Café treffen. Tut mir total leid, dass ich jetzt so überstürzt aufbreche, aber … Ich ruf dich an. Bis bald!«
Und schon war er verschwunden. Verblüfft sah Franzi ihm hinterher.
»Das war ja ein schneller Abgang«, sagte Marie, die mit Kim näher kam.
»Allerdings«, meinte Kim. »Aber er hat ja auch alles erfahren, was er erfahren wollte. Fürs Erste zumindest. Deine Adresse wird er dir auch noch entlocken.«
Franzi schlug sich gegen die Stirn. »Das braucht er gar nicht! Er weiß ja jetzt, wie mein Vater heißt. Und unsere Festnetznummer hat er auch. Er braucht nur bei der Online-Telefonauskunft nachschauen, da steht unsere Adresse drin. Oder er sucht im Internet nach einem Tierarzt. Mein Vater hat eine Homepage und er taucht überall in den Verzeichnissen der Tierärzte auf.«
Marie pfiff durch die Zähne. »Ganz schön clever, der Typ!«
»Aber wir sind auch clever«, sagte Kim und klopfte auf ihre Umhängetasche.
»Habt ihr alles mitgeschnitten und gefilmt?«, fragte Franzi neugierig.

»Klar«, sagte Kim.
»Und ich hab auch noch Fotos von unserem Anton aus Tirol geschossen«, sagte Marie.
Franzi grinste. »Sehr gut!«
»Kommt!«, sagte Kim. »Lasst uns gleich zu Sofie fahren. Ich will, dass sie uns noch mal bestätigt, dass ihr Boba Fett Anton ist.«
In dem Moment steuerte Groove wieder zielstrebig auf Franzi zu. Er hatte zwei Colagläser in der Hand und grinste sie an. Schnell sprang Franzi auf und flüchtete zusammen mit ihren Freundinnen aus dem Café.

Sofie war zum Glück wie mit Franzi verabredet zu Hause geblieben. Die drei !!! gingen in ihr Zimmer und zeigten ihr die Handyfotos.
Sofie warf nur einen kurzen Blick auf Maries Handy-Display und stieß dann einen tiefen Seufzer aus. »Ja, das ist er!«
Die Audioaufnahme des Gesprächs wollte sie sich gar nicht ganz anhören, obwohl die Qualität trotz Hintergrundgeräuschen erstaunlich gut war. Schon nach den ersten paar Sätzen nickte sie traurig.
Marie stoppte die Aufnahme. »Ist es immer noch so schlimm?«
Sofie nickte. »Ich kann nichts dagegen tun. Ich muss dauernd an ihn denken. Andererseits schäme ich mich so. Schließlich bin ich daran schuld, dass er hier bei uns eingebrochen hat. Wenn das meine Eltern wüssten …«
Kim legte tröstend den Arm um sie. »Es stimmt, du hast einen

Fehler gemacht und wirst ihn garantiert nie wieder machen, aber du konntest doch nicht ahnen, dass dieser Anton gleich seine Komplizen zum Einbrechen rüberschicken würde.«

»Bitte sag auch deinen Eltern erst mal nichts«, bat Marie. »Wir sind fast am Ende unserer Ermittlungen. Franzi ist unser Lockvogel und bald werden wir die Bande auf frischer Tat ertappen.«

Sofie sah die drei !!! bewundernd an. »Ihr seid aber mutig! So etwas würde ich mich nie trauen.«

Franzi winkte ab. »Das Ganze ist halb so wild. Wir werden natürlich die Polizei mit einschalten.«

»Trotzdem«, sagte Sofie.

Kim stand auf. »Danke dir noch mal für alles!«

»Ich hab eh nicht viel gemacht«, sagte Sofie.

»Doch«, sagte Franzi. »Ohne dich würden wir immer noch im Dunkeln tappen!«

Franzi rotiert

Als am nächsten Nachmittag das Telefon im Flur klingelte, fuhr Franzi hoch und wusste sofort: Das ist Anton!

Sie stürmte hinaus und kam gerade noch rechtzeitig, um Chrissie den Hörer aus der Hand zu schnappen und damit in ihr Zimmer zu verschwinden. »Hallo, hier Fr... Frieda Winkler?«

»Rate mal, wer dran ist?«, sagte eine sanfte Stimme. Franzis Herz klopfte schneller. »Anton?«

»Erraten!«, sagte er. »Eine Frage: Bist du in den nächsten Tagen zufällig mal wieder einsam?«

»Wieso?«, fragte Franzi und stellte sich dumm. »Was meinst du damit?«

Anton lachte. »Na ja, sind bei dir zu Hause mal wieder alle weg und du musst einsam in deinem Zimmer sitzen?«

»Ach so«, sagte Franzi. »Hm, ja, übermorgen sind alle weg. Ich hab mir schon ein paar Filme fürs Streamen vorgemerkt, um mich über Wasser zu halten.«

»Vergiss die Filme«, sagte Anton. »Triff dich lieber mit mir.«

Franzi schwieg.

»Findest du die Vorstellung so schrecklich?«, fragte Anton.
Franzi tat überrascht. »Nein, nein, es kommt nur so ... so plötzlich.«
Anton lachte wieder. »Gute Ideen kommen immer plötzlich.«
»Okay«, sagte Franzi. »Kennst du das *Café Lomo*?«
»Klar.«
»Treffen wir uns übermorgen dort?«, fragte Franzi. »Um vier Uhr?«
»Ich zähle die Sekunden«, sagte Anton. »Bis ganz bald, Apple!«
»Bis bald, Han Solo«, sagte Franzi und legte auf. Dann machte sie einen Luftsprung und juchzte: »Ja, ja, ja!«
Das klappte ja alles wie am Schnürchen. Ihre Eltern würden übermorgen Nachmittag ins Kino gehen. Chrissie hatte schon vor einer Woche verkündet, dass sie an diesem Tag mit Bernd Schlittschuh laufen wollte, und Stefan hatte seine BWL-AG. Perfekt! Dann konnten die drei !!! in aller Ruhe ihre Falle für Antons Komplizen präparieren und zuschlagen. Wie sie vorgehen wollten, hatten sie gerade bei einem Clubtreffen genau besprochen.
Franzi schrieb schnell Marie und Kim die tolle Nachricht. Als sie den Hörer zurück zur Station brachte, hörte sie, wie ihre Eltern miteinander redeten. Das Gespräch war etwas lauter als sonst. Franzi lehnte sich an das Geländer der Treppe und lauschte.
»Dir ist etwas dazwischengekommen?«, fragte Dr. Winkler.
»Ja, leider«, sagte seine Frau. »Meine Schwester ist an dem

Tag in der Stadt. Sie hat einen Arzttermin und hat mich gefragt, ob ich sie hinterher abholen könnte. Sie lässt eine Untersuchung mit einer örtlichen Betäubung machen. Es geht ihr gut, es ist nur zur Kontrolle, aber sie darf danach nicht Auto fahren.«

Franzis Vater antwortete: »Ja, natürlich, das verstehe ich sehr gut. Nur schade, dass es unser Kino-Nachmittag ist.«

Franzi zuckte zusammen. Kino? Ihre Eltern wollten doch nicht etwa das Kino sausen lassen? Das hieße ja, dass ihr Vater zu Hause sein würde!

»Meine Schwester hat auch noch ihre beste Freundin gefragt, die würde sie auch abholen, aber ich möchte meiner Schwester den Wunsch gerne erfüllen. Wir könnten das Kino doch um einen oder zwei Tage verschieben. Was meinst du?«, schlug Frau Winkler vor.

Ihr Mann seufzte. »Das geht leider nicht. Da haben sich schon total viele Leute mit ihren Tierpatienten für die Praxis angemeldet.«

»Zum Glück läuft der Film noch länger«, sagte Frau Winkler. »Wir finden bestimmt einen neuen Termin.«

Die beiden gingen in die Küche, sprachen über das Abendessen und lachten schon wieder. Franzi war das Lachen vergangen. Das durfte doch nicht wahr sein! Sonst musste schon ein Meteorit einschlagen, damit ihre Eltern ihren geheiligten Kinotag sausen ließen. Warum musste ausgerechnet jetzt etwas dazwischenkommen?

Franzi überlegte fieberhaft. Sie konnte Anton nicht wieder absagen, sonst würde er vielleicht misstrauisch werden. Was sollte sie jetzt bloß tun? Ihre Tante darum bitten, sich doch lieber von ihrer besten Freundin abholen zu lassen? Tante Charlotte würde sich sehr wundern, weil ihre Schwester doch schon zugesagt hatte.

Ihren Eltern die Wahrheit sagen? Nie im Leben! Dann würden sie sich bloß schrecklich aufregen und alle Hebel in Bewegung setzen, damit die drei !!! sich nicht in Gefahr begaben.

»Träumst du schon im Stehen?«, riss Chrissie sie aus ihren Gedanken.

Franzi schüttelte den Kopf. »Ich hab nur nachgedacht, das soll ab und zu vorkommen.«

Chrissie verzog spöttisch die Mundwinkel. »Echt? Ach übrigens, übermorgen Nachmittag kommt eine Freundin zu mir. Da brauchen wir das Wohnzimmer für uns.«

»Wie?«, fragte Franzi, die glaubte, sich verhört zu haben. »Übermorgen gehst du doch mit Bernd Schlittschuh laufen.«

»Der Plan ist gestorben«, sagte Chrissie. »Bernd liegt mit Grippe im Bett und ich werde mich garantiert nicht bei ihm anstecken.«

Franzi schluckte. Oh nein, Chrissie würde übermorgen auch zu Hause sein! So viele Zufälle durchkreuzten ihren schönen Plan!

»Erde an Franzi!«, rief Chrissie. »Hast du mir zugehört?«

»Ja, klar«, sagte Franzi, um Zeit zu gewinnen. »Du brauchst das Wohnzimmer, kein Problem.«

Chrissie sah sie verblüfft an. Bestimmt hatte sie mit einem lautstarken Protest gerechnet, aber das hätte Franzi im Augenblick

wenig genutzt. Sie musste dafür sorgen, dass Chrissie übermorgen aus dem Haus ging.
Stöhnend ging Franzi mit dem Mobilteil zurück in ihr Zimmer. Zwei Problemfälle auf einmal: Das war eindeutig zu viel.
Schnell wählte sie Maries Nummer und erzählte, was gerade passiert war. »Ich brauche deine Hilfe!«
»Schock!«, rief Marie. »Das hat uns wirklich gerade noch gefehlt. Warte, lass mich kurz überlegen. Wir finden schon eine Lösung.«
Auch Franzi dachte noch mal angestrengt nach.
»Fangen wir zuerst mit deinen Eltern an, die sind der einfachere Fall. Wie könnten wir sie ins Kino bringen? Ha, ich hab's!«, sagte Marie.
Franzi lauschte aufgeregt. »Wie denn?«
»Mein Vater hat doch immer Freikarten für Kinopremieren. Da kommen die Schauspieler und der Regisseur und verbeugen sich am Schluss. Ich könnte versuchen, für deine Eltern Karten zum neuen Film mit Daniel Vogel zu organisieren.«
»Daniel Vogel?«, rief Franzi. »Auf den steht meine Mutter total. Das wär genial. Dann ruft sie garantiert ihre Schwester noch mal an und fragt, ob vielleicht doch die Freundin sie nach der Untersuchung abholen könnte.«
»Freu dich nicht zu früh«, sagte Marie. »Hoffentlich hat mein Vater noch Karten. Er ist leider ziemlich freigiebig und verschenkt sie gern.«
Franzi zügelte ihre Begeisterung. »Verstehe. Frag ihn bitte möglichst sofort.«

»Das geht nicht«, sagte Marie. »Ich weiß nicht genau, wann er vom Set zurückkommt. Ich schreibe dir dann gleich, wenn ich mit ihm gesprochen habe.«

»Danke«, sagte Franzi. »Und jetzt zum nächsten Fall: Was machen wir mit Chrissie? Wie könnten wir sie aus dem Haus locken?«

Marie überlegte kurz. »Wir wäre es, wenn wir sie bestechen, damit sie freiwillig abzieht? Was mag sie am meisten?«

Franzi dachte nach. Chrissie mochte Musik und coole Partys. Doch wie sollte sie die organisieren?

Plötzlich schlug Franzi sich mit der Hand gegen die Stirn. »Dass ich da nicht gleich draufgekommen bin! Chrissie steht seit Neuestem auf Pferde, allerdings nur als Modeschmuck. Sie ist total scharf auf meinen Gürtel mit den silbernen Hufeisen. Ich könnte ihn ihr noch mal leihen.«

»Ich glaub nicht, dass das reicht«, meinte Marie. »Ich fürchte, du musst ein größeres Opfer bringen. Wärst du bereit, ihr den Gürtel zu schenken?«

»Kommt nicht infrage!«, protestierte Franzi. »Das ist mein Lieblingsgürtel.«

Marie drängte: »Spring über deinen Schatten! Von unserer nächsten Belohnung kannst du dir doch einfach einen neuen kaufen.«

Franzi zögerte, weil sie nicht so recht daran glaubte, doch schließlich gab sie nach. »Okay, ich mach's.«

»Prima«, sagte Marie. »Dann hätten wir die Problemfälle ja schon fast gelöst.«

Franzi war sich da nicht so sicher. Chrissie konnte manchmal ganz anders reagieren, als man es erwartete. Was war, wenn der Plan nicht aufging? Es blieb ihr nichts anderes übrig: Sie musste es versuchen.

»Also dann«, sagte Franzi. »Ich melde mich bei dir, wenn es was Neues gibt.«

»Gut«, sagte Marie. »Toi, toi, toi!«

Franzi legte auf und seufzte. Dann beschloss sie, die unangenehme Aufgabe am besten gleich hinter sich zu bringen. Sie holte ihren Gürtel aus dem Schrank und warf einen letzten, wehmütigen Blick darauf. Danach gab sie sich einen Ruck und ging zu Chrissie hinüber.

Ihre Schwester saß vor dem Spiegel und probierte gerade eine neue Frisur aus.

»Was willst du?«, fragte sie unfreundlich. »Du störst! Siehst du das nicht?«

Franzi schwenkte den Gürtel. »Ich wollte dir was schenken, aber wenn du es nicht willst, kann ich gern wieder gehen.«

Chrissie drehte sich zu ihr herum und starrte auf den Gürtel. »Du willst mir deinen Gürtel schenken? Natürlich nehme ich den.« Und schon wollte sie danach greifen.

In letzter Sekunde zog Franzi den Gürtel zurück. »Ich schenke ihn dir, aber nur unter einer Bedingung.«

Chrissie verdrehte die Augen. »Ich wusste doch, dass ein Haken dabei ist.«

»Nur ein kleiner.« Franzi lächelte. »Du musst mir versprechen, dass du übermorgen Nachmittag nicht zu Hause bist.«

»Wie bitte?«, fragte Chrissie.
»Das ist alles«, sagte Franzi. »Du lässt dich übermorgen hier nicht blicken und ich schenke dir dafür meinen Gürtel.«
Chrissie sah sie prüfend an. »Du hast doch irgendwas vor, das sehe ich dir an der Nasenspitze an. Gib's zu: Du bist verliebt und willst dich ungestört mit deinem Freund treffen! Oh, oh, wenn Mama das erfährt, flippt sie aus. Du allein mit einem fremden Jungen, was da alles Schlimmes passieren kann ...«
Franzi schoss die Röte ins Gesicht. »Quatsch! Deine Fantasie geht mit dir durch. Ich will einfach nur meine Ruhe haben.«
»Erzähl mir keine Märchen«, sagte Chrissie. »Wenn es kein Date ist, muss es was mit deinem Detektivinnenclub zu tun haben. Stimmt's oder hab ich recht?«
Franzi hatte sich wieder unter Kontrolle und schüttelte energisch den Kopf. »Von mir erfährst du nichts. So läuft unser Deal nicht. Entweder du machst mit und stellst keine Fragen oder du kannst dir den Gürtel abschminken.«
Chrissie verschlang den Gürtel mit den Augen. Dann zuckte sie mit den Schultern. »Okay! Ist mir doch egal, was du vorhast. Dann treffe ich mich also mit meiner Freundin in der Stadt. Wir wollten sowieso mal wieder ins Café gehen.«
Franzi strahlte. Sie hatte es tatsächlich geschafft!
»Es ist deiner«, sagte sie und warf Chrissie den Gürtel zu.
»Danke, Schwesterherz!«, sagte Chrissie.
Franzi drehte sich um, weil sie nicht mit ansehen wollte, wie Chrissie den Gürtel in die Schlaufen ihrer Jeans einfädelte und damit vor dem Spiegel posierte.

Als sie zurück in ihr Zimmer kam, klingelte ihr Handy. Aufgeregt stürzte sie sich darauf. Es war eine Nachricht von Marie.

Hi Franzi!
Schwein gehabt! Mein Vater hatte gerade noch zwei Karten für die Premiere. Du kannst also deine Eltern damit überraschen. Der Film läuft im Metropol-Theater und geht um vier Uhr los. Daniel Vogel wird auch da sein!!
Bis bald!

Sofort schrieb Franzi zurück.

Super! Tausend Dank. Werde gleich die tolle Nachricht überbringen. Chrissie hat übrigens angebissen. Sie hat sich den Gürtel geschnappt und lässt uns freie Bahn. Ich halte dich auf dem Laufenden.
Ciao!

Franzi legte das Handy weg und rannte runter in die Küche. Dort saßen ihre Eltern am Tisch und tranken Tee.
»Willst du auch einen Schluck Tee?«, fragte Frau Winkler.
»Nein danke«, sagte Franzi. »Ich muss euch was erzählen. Das glaubt ihr mir nicht.«
Dr. Winkler lächelte. »Was ist es denn?«
Franzi holte tief Luft. »Also ... Es ist zwar noch nicht Weihnachten, und ich weiß, dass man Geschenke nicht vorher machen soll, aber in dem Fall geht es nicht anders. Ich habe näm-

lich ein Geschenk für euch, das ihr schon übermorgen einlösen müsst.«

»Das klingt ja spannend«, sagte Frau Winkler.

»Ist es auch«, sagte Franzi. »Ich habe Kinokarten für euch. Genauer gesagt Premierenkarten. Marie hat sie von ihrem Vater bekommen und mir geschenkt. Und ich schenke sie euch. Haltet euch fest: Es ist der neue Film mit Daniel Vogel, und er wird zur Premiere kommen. Ihr könnt ihn live sehen und mit etwas Glück ein Autogramm ergattern.«

Ihre Mutter sprang auf und rief laut, als wäre sie nicht vierzig, sondern erst vierzehn: »Daniel Vogel???«

»Ja genau«, sagte Franzi.

»Daniel Vogel?«, wiederholte ihre Mutter. »Er kommt wirklich zur Premiere? Wann ist die? Und wo?«

Franzi nannte Datum, Uhrzeit und Ort.

Frau Winkler zögerte kurz. »Ich rufe meine Schwester an. Die findet Daniel Vogel auch super und wird bestimmt wollen, dass ich ihn live erlebe. Und zum Glück hat sie ja auch ihre beste Freundin gefragt, ob sie sie abholen könnte. Franzi, du bist ein Schatz!« Ihre Mutter umarmte sie begeistert.

»Gern geschehen«, sagte Franzi und lachte.

Auch ihr Vater freute sich sehr, dass der Kinotag mit seiner Frau nun doch stattfinden konnte.

Franzi fiel ein Riesenstein vom Herzen. Endlich lief alles nach Plan. Jetzt konnten sie sich voll auf die Überführung der Täter konzentrieren. Stolz reckte Franzi die Brust heraus: Bahn frei für die drei !!!.

Hände hoch!

Detektivtagebuch von Kim Jülich
Montag, 17:11 Uhr

Ich bin so aufgeregt! Morgen geht es um alles oder nichts. Wenn unser Verdacht richtig ist, werden Antons Komplizen morgen versuchen, zu Hause bei Franzi einzubrechen, und wir, Die drei !!!, werden ihnen eine Falle stellen. Mir wird jetzt schon ganz schlecht, wenn ich nur daran denke. Nach der Schule waren wir heute bei Kommissar Peters und haben ihn über den Stand unserer Ermittlungen informiert. Er hat mit uns geschimpft, wie wir auf die Idee kommen konnten, uns in solche Gefahr zu begeben. Schließlich hat er sich wieder etwas beruhigt und uns sogar für unseren Spürsinn gelobt. Aber er hat uns verboten, bei der Festnahme dabei zu sein. Franzi darf den Lockvogel spielen, und er wird einen Beamten in Zivil im Café postieren, damit sie geschützt ist. Das war vielleicht ein Theater, als er Franzis Eltern telefonisch informiert hat. Ich meine, wozu hat Marie denn eigentlich die Premierenkarten besorgt? Damit ihre Eltern nichts mitbekommen. Aber der Kommissar hat darauf bestanden, Franzis Eltern zu informieren. Die wollten die ganze Aktion erst verbieten, haben sich dann aber doch überzeugen lassen, dass die Polizei Franzi gut beschützen wird. Marie und ich wollen natürlich trotzdem bei der Auflösung des Falles dabei sein.

Wir werden uns heimlich schon vor der Polizei zu Hause bei Franzi verstecken. Als Verstärkung nehmen wir Michi mit. Trotzdem bin ich wahnsinnig aufgeregt und habe auch ein bisschen Angst.
Franzi wird bei der Operation nicht dabei sein. Sie muss sich ja mit Anton im Café Lomo treffen und ihn so lange wie möglich aufhalten, damit er seinen Komplizen nicht zu Hilfe kommen kann. Eigentlich könnte ich auch mit ihr zusammen gemütlich im Café warten, also natürlich nicht mit ihr, aber irgendwo im Hintergrund. Anton kennt mich nicht, aber das geht natürlich nicht. Marie und Franzi gegenüber würde ich auch nie zugeben, dass ich ein bisschen Angst habe. Wann hört das endlich auf? Immer habe ich diese verdammte Angst, obwohl ich mich doch nach mehreren Fällen eigentlich schon daran gewöhnt haben müsste, dass gefährliche Situationen einfach dazugehören zur Detektivinnenarbeit. Von wegen! Es wird eher schlimmer. Haben Profidetektive eigentlich auch Angst, genauso wie Schauspielerinnen und Schauspieler Lampenfieber haben?
Wie auch immer, morgen um diese Zeit ist alles vorbei. Dann sitzen Anton und seine Bande hoffentlich hinter Schloss und Riegel!

Geheimes Tagebuch von Kim Jülich
Montag, 17:26 Uhr

► Ja, mein Tagebuch ist immer noch streng geheim! Übrigens hab ich mir Spezial-Kontaktlinsen gekauft. Damit kann ich auch durch meterdicke Wände hindurchschauen. Ich seh dich! ◄
Heute hat Michi endlich angerufen. Mir wäre fast das Herz stehen geblieben. Er hat von seinem neuen Aushilfsjob in der Bäckerei erzählt und gequatscht und gequatscht. Die ganze Zeit habe ich darauf gewartet, dass er meine Nachricht erwähnt und sich bedankt. Hat er aber nicht! Nach fünf Minuten hab ich es nicht länger aus-

gehalten und ihn selber darauf angesprochen. Da hat er kurz gestutzt und gemeint: »Ach so, deine Nachricht. Ja, natürlich, die hab ich bekommen. Danke, war echt nett.« Und dann hat er sofort wieder das Thema gewechselt und über seinen Job weitergeredet.

Ich saß da mit dem Hörer am Ohr und hab gedacht, was läuft denn jetzt ab? Hat er sich gar nicht gefreut? Doch, anscheinend schon. Aber er hat offenbar überhaupt nicht mitbekommen, dass es eine romantische Nachricht war.

Michi, wie soll ich es dir denn noch sagen, damit du es verstehst? Ich bin in dich verliebt!!!

Das kann nur eins bedeuten: Michi ist nicht in mich verliebt. Sonst hätte er meine Worte sicher anders interpretiert. War jetzt alles umsonst, die Nachricht und meine Gefühle? Muss ich mich »entlieben«?

Nein, das kann ich nicht. Ich kann meine Gefühle nicht einfach ausknipsen wie einen Lichtschalter.

Michi! Morgen sehe ich ihn wieder. Er ist dabei, wenn wir die Einbrecher fassen, alles wird gut. Hoffentlich!!! Allerdings weiß ich noch nicht, ob ich wegen Michi Herzklopfen haben werde oder vor Aufregung wegen unserer Operation, vermutlich beides!

Franzi saß in der Sofaecke im *Café Lomo* und sah auf ihre Armbanduhr. Fünf vor vier. Der Countdown lief. Jetzt gab es kein Zurück mehr. Sie hatte das Aufnahmegerät angeschaltet, falls Anton sich zufällig im Gespräch selbst belasten sollte. Es war gut versteckt in ihrer Tasche, die sie auf dem Boden abgestellt hatte. Der Beamte, der zu ihrem Schutz im Café war, fiel übrigens überhaupt nicht auf, so jung, wie der aussah.

Nervös warf sie noch mal einen Blick in den großen Spiegel

neben dem Sofa. Das weiße Top, das sie sich von Chrissie geliehen hatte, sah ganz gut aus. Aber was war das? Sie hatte hektische rote Flecken im Gesicht! Sie musste tief durchatmen und ruhiger werden. Dann gingen die Flecken bestimmt wieder weg.
Tausendmal lieber wäre sie jetzt zu Hause gewesen, um Antons Komplizen am Tatort gebührend in Empfang zu nehmen. Sie hätte so gerne zusammen mit Kim und Marie diesen Teil des Falls übernommen! Aber die Rollen waren klar verteilt und Franzi würde das Beste aus ihrer machen!
Da ging die Tür auf. Sofort war Franzi in höchster Alarmbereitschaft. Und da kam er auch schon auf sie zu: Anton. Betont lässig hob er eine Hand und grinste ihr zu. Auf einmal fand sie ihn gar nicht mehr so süß. Das Lächeln war einstudiert und eiskalt kalkuliert. Und mit genau denselben Begrüßungsworten hatte er vermutlich auch damals versucht, Sofie einzuwickeln.
Abrupt blieb er zwei Meter vor ihr stehen und rief theatralisch: »Hi, Apple! Du siehst ... umwerfend aus.«
Franzi lächelte geschmeichelt, während sie dachte: Du falscher Hund!
»Wartest du schon lange?«, fragte Anton und ließ sich in den gegenüberliegenden Sessel fallen.
Franzi schüttelte den Kopf. »Höchstens fünf Minuten.«
»Sorry«, sagte Anton. »Dafür lade ich dich ein. Was möchtest du trinken?«
Franzi entschied sich für eine Cola, um sich so wach wie möglich zu halten.

Anton bestellte zwei Cola. Er gab ihr das Glas und sah ihr tief in die Augen. »Auf uns!«
Franzi verschluckte sich und musste fürchterlich husten.
Anton klopfte ihr besorgt auf den Rücken. »Geht's wieder?«
»Ja, danke«, sagte Franzi.
»Schön, endlich allein zu sein«, sagte er. »Ohne all die Leute von der LAN-Party um uns herum.«
Franzi nickte. »Ja, stimmt. Ich hab mir auch extra viel Zeit genommen. Bis sechs Uhr kann ich locker bleiben.«
»Ich leider nicht«, sagte Anton. »Aber eine Stunde hab ich schon Zeit.«
Franzi machte ein enttäuschtes Gesicht. »Bleib doch noch länger! Egal, was du vorhast, es kann nicht so wichtig sein wie unser Treffen.«
Anton war durch ihre Aktion überrumpelt. »Äh ... du hast völlig recht.«
»Was hast du denn vor?«, bohrte Franzi nach.
»Ach, so ein doofes geschäftliches Meeting«, sagte Anton. »Ich wollte es verschieben, aber es ging leider nicht.«
Franzi beugte sich interessiert vor. »Was machst du denn eigentlich beruflich?«
»Nichts Spannendes«, antwortete Anton. »Ich bin im Ankauf und Verkauf eines kleinen Unternehmens beschäftigt.«
Franzi musste sich auf die Lippe beißen, um nicht zu grinsen. So konnte man Einbruch natürlich auch definieren.
»Reden wir lieber von dir«, sagte Anton. »Mein Leben ist wirklich nicht so aufregend.«

»Doch, bestimmt«, sagte Franzi schnell. »Du weißt jetzt so viel über mich, aber ich weiß noch fast gar nichts von dir. Wie heißt denn das Unternehmen, bei dem du arbeitest? Vielleicht kenne ich es ja.«

Anton winkte ab. »Nein, sicher nicht.«

»Sag schon, wie heißt es?«

Langsam wurde Anton nervös. »Es heißt ... *Top sell*«, behauptete er. Den Namen hatte er sich garantiert gerade eben ausgedacht.

»Und wie ist es da so?«, fragte Franzi weiter. »Ist das Team nett? Könnt ihr gut zusammenarbeiten? Und unternehmt ihr auch privat was?«

Anton sah sie irritiert an. »Das willst du nicht wirklich wissen.«

»Natürlich will ich das wissen«, sagte Franzi. »Wir könnten uns doch mal zusammen mit Leuten von deinem Team treffen, ins Kino gehen oder ins Café.«

»Bitte nicht!«, sagte Anton. »Ich trenne Berufliches und Privates ganz bewusst. Du würdest dich bloß langweilen mit denen. Und außerdem möchte ich nicht mit ihnen und dir weggehen, sondern mit dir allein zusammen sein. Kannst du das nicht verstehen?«

»Doch, klar«, sagte Franzi, nippte an ihrer Cola und stellte zufrieden fest, dass Anton zunehmend nervöser wurde.

Immer wieder sah er unauffällig auf die Uhr an der Wand. Auch Franzis Nervosität stieg. Seit Anton das Café betreten hatte, waren erst zehn Minuten vergangen! Wie sollte sie ihn bloß

länger hinhalten? Sie musste unbedingt verhindern, dass er frühzeitig abhaute. Da fiel ihr Blick auf den Kickerautomaten in der Ecke.
»Hast du Lust auf ein Spiel?«, fragte sie.
Anton zuckte mit den Schultern. »Okay, warum nicht?«
Sofort sprang Franzi auf. »Toll. Ich liebe kickern.« Das war nicht mal gelogen. Mit Kim und Marie hatte sie hier auch schon ab und zu gespielt.
Sie gingen rüber zum Kickerautomaten. Franzi grinste zufrieden. Sie würde schon dafür sorgen, dass Anton über das Spiel seine Komplizen für eine Weile vergaß.

Während Franzi und Anton kickerten, lagen Marie und Kim in ihrem Versteck auf der Lauer. Sie kauerten zu Hause bei Franzi im Besenschrank in der Küche. Michi hatte nicht mehr mit hineingepasst. Er war jetzt in Franzis Zimmer und lauschte an der angelehnten Tür. Kurz nach ihnen war die Polizei gekommen. Sie hatten gehört, wie Kommissar Peters die Einsatzbefehle gegeben hatte. Jetzt standen er und Polizeimeister Conrad im Flur, verborgen im großen Einbauschrank. Zwei Polizistinnen hatten sich im Wohnzimmer postiert, drei Polizisten in der Tierarztpraxis und zwei im alten Pferdeschuppen, ihrem Detektivinnen-Hauptquartier.
Die Lichter waren überall gelöscht und draußen brach langsam die Dämmerung über die winterliche Landschaft herein. Auf einmal war es so still, dass Kim und Marie alle Geräusche im Haus doppelt so laut vorkamen. Die Dielen knarzten, in den

alten Rohrleitungen gluckerte es und irgendwo quietschte eine Tür in den Angeln. In der Küche tropfte der Wasserhahn. Die Zeiger der Kuckucksuhr an der Wand tickten metallisch und rückten gelassen immer weiter vor. Schon war es zwölf Minuten nach vier.

Marie spürte, dass ihre Hände feucht wurden. Wann kamen Antons Komplizen denn endlich? Hatten sie es sich etwa doch noch im letzten Moment anders überlegt?

Kim rückte näher an sie heran. Marie konnte ihr Herz schlagen hören. Es pochte ganz schön schnell. Marie suchte nach der Hand ihrer Freundin und drückte sie. Kim drehte den Kopf herum und atmete tief durch. Dann tastete sie nach der Fernbedienung, die sie sich in die Jackentasche gesteckt hatte. Sie war da. Jetzt musste sie nur noch im richtigen Augenblick den richtigen Knopf drücken.

Michi und sie hatten ganze Arbeit geleistet. Kim war total stolz. Sie hatten nach den Plänen der drei !!! die Musikanlage der Winklers aufgerüstet und mit zusätzlichen Mikrofonen verkabelt. Gemeinsam hatten sie so lange herumgebastelt, bis sich die herkömmliche Anlage in ein Hightech-Aufnahmegerät verwandelt hatte: mit Mikrofonen an verschiedenen Stellen im Wohnzimmer und im Flur. Kommissar Peters hatte zwar erst gemeint, das sei nicht nötig, aber dann fand er es doch gut, um dem Gericht später umfassendes Beweismaterial vorlegen zu können.

Plötzlich hörte Marie das leise Brummen eines Motors. Es wurde lauter und gehörte eindeutig zu einem Auto. Kurz darauf

knirschten Reifen auf dem Kies vor dem Hauseingang. Es ging los! Marie ahmte täuschend echt ein Käuzchen nach. Das war das Zeichen für Michi, sich bereitzuhalten.
Autotüren schlugen zu, Schritte näherten sich dem Haus. Marie und Kim hielten den Atem an. Die Schritte gingen die drei Stufen zur Haustür hoch und blieben stehen. Dann stocherte jemand am Türschloss herum. Werkzeug klirrte, jemand fluchte leise.
Die Minuten kamen Kim und Marie ewig vor. Endlich hatten die Einbrecher das Schloss geknackt und öffneten langsam die Tür. Marie stupste Kim an. Aber die wusste auch selbst, dass es höchste Zeit war, die Aufnahme zu starten. Sie drückte auf den Aufnahmeknopf der Fernbedienung.
»Gut gemacht, Ben«, sagte eine dunkle Männerstimme.
»War kinderleicht«, erwiderte Ben. Seine Stimme klang heiser. Es schienen also zwei Einbrecher zu sein. Die Männer traten in den Flur. Der Strahl einer Taschenlampe blitzte auf. Kim und Marie konnten das Licht durch die angelehnte Schranktür sehen. Die Einbrecher gingen den Flur entlang in Richtung Wohnzimmer.
»Das sieht ja nicht gerade edel aus«, sagte der Mann mit der dunklen Stimme enttäuscht. »Bist du wirklich sicher, dass wir hier an der richtigen Adresse sind?«
»Klar«, sagte Ben. »Ey, Ralf, wir können uns hundertprozentig auf Anton verlassen, das weißt du doch. Er sucht immer erstklassige Locations aus.«
Ralf räusperte sich. »Wenn du meinst. Na, dann wollen wir

mal. Du nimmst dir die Schrankwand vor und ich seh mir das Regal näher an.«

Die beiden machten sich an die Arbeit. Marie und Kim hörten, wie sie unsanft Gegenstände herausrissen und Schubladen durchwühlten.

»Na also!«, rief Ben. »Hier haben wir doch jede Menge Bargeld in diesem schönen Glaskrug. Nicht gerade ein besonders gutes Versteck.«

»Ich hab auch was«, sagte Ralf. »Zwei goldene Uhren. Lagen einfach hier auf dem Regal rum. Sehen teuer aus.«

Kim lächelte hämisch. Das klappte ja alles wie am Schnürchen. Kommissar Peters hatte die Beutegegenstände zur Verfügung gestellt, und die drei !!! hatten sie extra schön präsentiert, damit die Einbrecher sie auch gleich sehen konnten.

Ben und Ralf stöberten noch eine Weile im Wohnzimmer herum.

»Was ist mit den Boxen der Musikanlage?«, fragte plötzlich Ralf. »Die Anlage ist sogar noch an. Ts, ts, so eine Stromverschwendung! Sollen wir die auch mitnehmen?«

Kim sah Marie entsetzt an. Da sagte Ben: »Nee, die lassen wir da. Das sind keine wertvollen Boxen, das sehe ich auf den ersten Blick. Die bringen nicht viel ein.«

»Okay«, sagte Ralf. »Dann lass uns mal schauen, was es hier sonst noch zu holen gibt.«

Die Einbrecher kamen in den Flur zurück. »Los, gehen wir in die Küche«, sagte Ben. »Da verstecken die meisten Leute ihre Wertsachen.«

Kim und Marie rückten noch enger zusammen. Jetzt wurde es ernst!
Die Einbrecher kamen näher. Sie stießen die Tür ganz auf und betraten mit festen Schritten die Küche. Kim zuckte zusammen und stieß an einen Besen.
Ben horchte auf. »Was war das?«
»Ach, reiß dich zusammen!«, zischte Ralf. »Wahrscheinlich hat das Mädchen eine Katze, die hier im Haus herumschleicht.«
Kim atmete langsam wieder aus. Das war gerade noch mal gut gegangen.
Ben schnaufte. »Wenn du meinst. Aber ich habe ein komisches Gefühl. Lass uns abhauen. Die zwei Uhren sind mehr wert als der ganze restliche Plunder hier.«
»Was soll das?«, rief Ralf. »Machst du dir etwa in die Hose, oder was?«
»Ich hab kein gutes Gefühl«, wiederholte Ben.
»Okay, wir hauen ab«, sagte Ralf.
Die beiden verließen die Küche und gingen auf die Haustür zu. Sofort kamen Kommissar Peters und Polizeimeister Conrad aus dem Wandschrank und Kim und Marie stürmten aus der Küche.
»Halt! Stehen bleiben!« Kommissar Peters richtete seine Pistole auf die Einbrecher.
»Hände hoch!«, brüllte Marie.
In dem Moment kam auch Michi die Treppe runtergerannt. Die Einbrecher drehten sich um und starrten Kim und Marie an, als ob zwei Geister vor ihnen stehen würden. Kim erkannte

Ralf sofort an den braunen, schulterlangen Haaren und dem leicht gebräunten Gesicht. Er war der Verdächtige, den die Verkäuferin aus dem Antiquitätenladen beschrieben hatte.
Ben und Ralf wurden bleich. Zitternd streckten sie ihre Hände in die Luft.
Zwei Sekunden später waren der Kommissar und Polizeimeister Conrad bei ihnen und tasteten sie von Kopf bis Fuß ab.
»Was macht ihr drei hier eigentlich? Habe ich euch nicht verboten herzukommen? Aber das hätte ich mir ja denken können«, schimpfte Kommissar Peters, während er Ralf durchsuchte.
Die drei machten schuldbewusste Gesichter, aber Kim und Marie konnten ihren Triumph nicht ganz verbergen.
»Keine Waffen«, sagte Polizeimeister Conrad.
»Dafür Diebesgut«, sagte Kommissar Peters und holte die goldenen Uhren aus Ralfs Jackentasche.
Der Polizeimeister fischte inzwischen das Bargeld aus Bens Hosentasche.
»He, was soll das?«, rief Ralf und behauptete frech: »Das sind meine Uhren!«
»Von wegen«, mischte sich Marie ein. »Die Uhren gehören Kommissar Peters und wir haben sie als Köder hingelegt, um euch auf frischer Tat zu ertappen.«
Ralf sah Marie mit funkelnden Augen an. »Wer ist wir? Wer seid ihr überhaupt?«
Kim und Marie fassten sich an den Händen und antworteten gleichzeitig: »Wir sind die drei !!!.«

Ben sah zwischen Kim und Marie hin und her. »Aber ihr seid ja nur zwei.«
»Stimmt«, sagte Marie. »Franzi, die Dritte aus unserem Detektivinnenclub, sitzt gerade mit Anton im *Café Lomo*.«
»Verdammt!«, zischte Ralf.
»Geben Sie auf«, sagte Kommissar Peters. »Gegen diese drei Mädchen kommen Sie nicht an. Sie sind überführt und die Beweislast ist erdrückend. Ich verhafte Sie wegen Einbruchs und Diebstahls in zwei Fällen: bei Familie Tonde und heute bei den Winklers.«
»Ich will meinen Anwalt sprechen!«, sagte Ralf.
»Das können Sie gern«, meinte Polizeimeister Conrad, während er ihm und Ben Handschellen anlegte.
Bens Mundwinkel zuckten. »Ich hatte gleich ein komisches Gefühl, aber du hast mich ja überredet. Warum bin ich bloß mitgegangen? Du bist schuld, Ralf! Und Anton, der hat uns beide angestiftet mit seinem blöden Computerspiel und dem Voice-Chat.«
Sein Komplize sah ihn verächtlich an. »Vergiss es einfach. Du hängst genauso mit drin wie wir.«
»Abführen!«, sagte Kommissar Peters.
»Mit dem größten Vergnügen«, sagte Polizeimeister Conrad.
Da kamen die anderen Polizistinnen und Polizisten aus ihren Verstecken und begleiteten die Einbrecher zum Polizeibus, der hinter dem Pferdeschuppen geparkt und mit ein paar Tannenzweigen getarnt war. Marie, Kim und Michi folgten ihnen.
»Alles klar?«, fragte Michi und zwinkerte Kim zu.

Die nickte und wurde rot. »Ja, alles im grünen Bereich. Und bei dir?«
»Auch«, antwortete Michi, »nur leider habe ich in Franzis Zimmer nicht viel mitbekommen. Ich bin schon ganz gespannt auf die Aufnahme.«
Ben drehte sich zu Marie und Kim um und schüttelte den Kopf. »Ich fasse es nicht! Diese kleinen Mädchen haben uns überführt?«
»Ja, genau«, sagte Kommissar Peters. »Aber von kleinen Mädchen kann keine Rede sein. Die drei !!! sind erfolgreiche Detektivinnen und haben bereits einige große Fälle gelöst.«
Ralf lachte höhnisch auf. »Gratulation!«
»Und was ist jetzt mit Anton?«, fragte Ben. »Den müssen Sie auch verhaften. Er ist der eigentliche Drahtzieher.«
»Verräter«, murmelte Ralf.
Polizeimeister Conrad öffnete die Schiebetür des Polizeibusses. »Keine Sorge, um Anton kümmern sich gerade unsere Kollegen.«
Da klingelte das Funkgerät des Kommissars. »Ja, Peters? ... Sehr gut. ... Alles klar, danke. Bis gleich.« Er befestigte das Gerät wieder an seinem Gürtel und lächelte zufrieden. »Die Kollegen werden in ein paar Minuten hier sein. Sie haben Anton bereits festgenommen. Er hat keinerlei Widerstand geleistet und sofort ein Geständnis abgelegt.«
»Wie geht es Franzi?«, fragte Kim besorgt.
»Gut«, sagte Kommissar Peters. »Aber das könnt ihr sie auch gleich selbst fragen.«

In dem Moment bog ein Polizeieinsatzwagen auf den Hof und bremste mit quietschenden Reifen. Kim und Marie rannten ihm entgegen. Da sprang auch schon Franzi aus dem Wagen.
»Wie war's?«, rief sie aufgeregt. »Hat alles geklappt?«
»Ja«, sagte Kim. »Und wie war's bei dir?«
Franzi lachte. »Anton hat dreimal gegen mich beim Kickern verloren. Und er war so vertieft ins Spiel, dass er nicht mal mitbekommen hat, wie der Polizist die Handschellen gezückt hat. Erst als sie klick gemacht haben, ist er aufgewacht.«
Zwei Beamte führten Anton an den drei !!! vorbei. Anton warf Franzi einen düsteren Blick zu. »Wie konntest du mich nur verraten? Dabei war ich so nett zu dir.«
»Von wegen«, sagte Franzi. »Du hast mich nur benutzt. Aber der Plan ist leider nicht aufgegangen. So ein Pech!«
Anton knirschte mit den Zähnen. »Lass mich bloß in Ruhe, hörst du?«
»Kein Problem«, sagte Franzi. »Viel Spaß im Gefängnis!«
Als Anton nach seinen Komplizen in den Polizeibus stieg und Polizeimeister Conrad hinter ihm die Tür schloss, atmete Franzi tief durch. Jetzt empfand sie wirklich nichts mehr für ihn. Die Verliebtheit war wie weggeblasen, und das war auch gut so!

Drei Tage später, einen Tag vor Weihnachten, saßen die drei !!! mit Michi, Kommissar Peters und Polizeimeister Conrad im *Café Lomo*. Der Kommissar hatte sie eingeladen. Zum einen wollte er mit ihnen ein ernstes Wort reden, zum anderen ein Lob aussprechen für ihre erfolgreichen Ermittlungen. Nach der

Standpauke saßen sie also jetzt gemütlich zusammen und aßen Waffeln mit heißen Kirschen und Vanilleeis.
Franzi war bei der zweiten Runde Waffeln so satt, dass sie sich stöhnend den Bauch rieb und die Hälfte stehen ließ.
Kim zeigte auf den Teller ihrer Freundin. »Darf ich?«
»Klar«, sagte Franzi und tauschte den Teller mit ihr.
»Guten Appetit!«, sagte Michi zu Kim und lächelte sie an. »Sieht oberlecker aus!«
Kim nickte und beugte sich tief über ihren Teller. Letztlich war sie doch froh, dass Michi ihre romantische Nachricht nicht als solche interpretiert hatte. So konnten sie einfach weiter Freunde sein und sparten sich diese ganzen verwirrenden Gefühle.
Während Kim sich das Eis mit den Kirschen auf der Zunge zergehen ließ, sah sich Franzi im Café um. Vor drei Tagen erst hatte sie hier mit Anton gesessen. Es kam ihr vor, als wäre es schon Wochen her.
Kommissar Peters nahm einen letzten Schluck Kaffee und lehnte sich lächelnd in seinem Stuhl zurück.
»Nach der Strafpredigt und dem Lob wollte ich euch noch ein paar Details berichten, die euch bestimmt interessieren werden. Aber zunächst einmal soll ich euch diesen Brief von Frau Tonde geben. Sie bedankt sich sehr herzlich bei euch und ich glaube, in dem Brief ist auch eine kleine Belohnung für euch drin.«
Franzi nahm den Umschlag entgegen und grinste. Vielleicht sprang ja doch noch ein neuer Gürtel für sie heraus!
»Die Täter hatten zum Glück das Diebesgut noch nicht verkauft«, redete Kommissar Peters weiter. »Wir haben den kom-

pletten Schmuck, das Tafelsilber und die Münzen in der gemeinsamen Wohnung von Ralf und Ben gefunden. Frau Tonde hat alles zurückbekommen und ist überglücklich.«

»Das ist echt schön für sie«, sagte Kim. »Wie haben sie und ihr Mann denn reagiert, als sie erfahren haben, dass ihre Tochter die Einbrecher angelockt hat?«

Kommissar Peters winkte ab. »Erst sind sie zwar furchtbar erschrocken, aber dann waren sie heilfroh, dass Sofie nichts passiert ist und sie ihre Wertsachen wiederhatten.«

Franzi nickte erleichtert.

»Gibt es Neues zu den Einbrechern?«, fragte Marie.

»Die Einbrecher, die ihr gefasst habt, sind keine Anfänger«, sagte Kommissar Peters, »im Gegenteil. Bei unseren Ermittlungen sind wir auf weitere Einbruchsfälle in anderen deutschen Großstädten gestoßen. Die Bande hat immer mit demselben Trick gearbeitet: Anton hat unter Gamern nach Opfern gesucht, nach Kindern aus reichen Familien. Sobald er deren Adresse herausgefunden hatte und wusste, dass niemand zu Hause war, haben seine Komplizen zugeschlagen.«

Kim ließ die Kuchengabel klirrend auf ihren Teller fallen. »Und warum konnten sie so lange ungestört einbrechen?«

»Tja«, meinte Polizeimeister Conrad. »Bisher waren die Täter vorsichtig gewesen und hatten die Opfer aus verschiedenen Städten ausgewählt. Aber anscheinend sind sie mit der Zeit leichtsinnig geworden und haben in unserer Stadt gleich zwei Mädchen ausgewählt: Sofie und Franzi. Das war ihr entscheidender Fehler.«

Franzi nickte. »Als wir Sofie befragt haben, sind wir auch misstrauisch geworden. Sie war unsere erste Spur. Als sich herausstellte, wer hinter ihrem Liebeskummer steckt, waren wir einen großen Schritt weiter.«

»Ach ja!«, seufzte Kommissar Peters. »Liebeskummer ist wirklich schlimm. Ich kann mich auch noch gut an meinen ersten Liebeskummer erinnern. Damals war ich fünfzehn.«

Die drei !!! tauschten einen amüsierten Blick. Der Kommissar als fünfzehnjähriger Junge mit Liebeskummer? Das konnten sie sich einfach nicht vorstellen.

»Was ist eigentlich aus deinem Krimi geworden, Kim?«, fragte Marie.

»Ich bin in den letzten Tagen leider nicht dazu gekommen weiterzuschreiben«, sagte Kim. »Unser Fall hat mich total abgelenkt. Und dann muss ich alles noch mal neu abtippen. Gut, dass ich wenigstens einen Ausdruck der Datei hatte, die der Virus mir vom PC gelöscht hat! Aber jetzt habe ich ja wieder mehr Zeit. Auch deshalb, weil ich einen Monat lang nicht im Haushalt helfen muss. Ben und Lukas übernehmen alles für mich: Abwaschen, Müll runterbringen. Und sie sind auf einmal supernett zu mir.«

Franzi lachte. »Dann hat sich der Virus ja doch gelohnt.«

»Allerdings«, sagte Kim.

»Mädels!«, rief Marie. »Quatscht nicht so viel, lasst uns lieber anstoßen.«

»Gute Idee«, sagte Franzi.

Die drei !!! hoben ihre *Kakao Spezial* hoch.

»Auf unseren Fall!«, sagte Kim.
»Auf uns!«, sagte Marie.
Franzi lachte. »Und auf viele weitere spannende Fälle! Ich kann es kaum erwarten.«

Henriette Wich trifft sich gerne mit ihren Freunden – im Chat oder im Café. Oft entstehen dabei neue Ideen für Krimis. Die schreibt die Autorin sofort in ihr Notizbuch. Das hat sie – wie Kim – immer dabei!

Kim, Franzi und Marie lösen jeden Fall!

- ☐ Die Handy-Falle
- ☐ Betrug beim Casting
- ☐ Gefährlicher Chat
- ☐ Nixensommer
- ☐ Der Graffiti-Code
- ☐ Gefahr im Netz
- ☐ Nacht der Wölfe
- ☐ Legende der Einhörner
- ☐ Rätsel der Vergangenheit
- ☐ Tatort Hollywood
- ☐ Achtung, Gaunerzeichen!
- ☐ Das Bienengeheimnis
- ☐ Vier Pfoten in Gefahr
- ☐ Geheimnis im Spukhotel
- ☐ Luftballon-Küsse
- ☐ Ein Fall mit Herz und Huf
- ☐ Rätselhafter Raub
- ☐ Geheimnisvoller Liebestrank
- ☐ Die Krimi-Verschwörung
- ☐ Der Fluch der Fee
- ☐ Mission Gipfelglück
- ☐ Geburtstagsdiebe
- ☐ Abenteuer-Küsse
- ☐ Unheimliches Meeresleuchten
- ☐ Falle im alten Kino
- ☐ Abenteuer Afrika
- ☐ Rätsel der alten Eiche
- ☐ Influencerin in Not
- ☐ Spuk auf dem Campingplatz
- ☐ Detektivinnen in Gefahr
- ☐ Alpaka-Alarm
- ☐ Tatort Tierarztpraxis
- ☐ Sushi-Sabotage
- ☐ Gefahr im Smart Home
- ☐ Superheldin in Gefahr
- ☐ Abenteuer Australien
- ☐ Einsatz im Kletterwald
- ☐ Verrat im Internat
- ☐ Tatort Blumenfarm
- ☐ Theater der Vampire
- ☐ Der Ponyhof-Skandal
- ☐ Einsatz im Heißluftballon
- ☐ Magie der Hexe
- ☐ Schmetterlinge in Gefahr
- ☐ Sternschnuppen-Nächte
- ☐ Geheimnis des alten Friedhofs
- ☐ Geburtstagsparty in Gefahr
- ☐ Falle auf dem Festival
- ☐ Trubel im Tierhotel

diedreiausrufezeichen.de

Weitere Bände der Reihe sind als E-Book erhältlich.